ハワイアン弁財天

及川俊哉×詩集

ハワイアン弁財天

及川俊哉

思潮社

目次

詩集
ハワイアン弁財天

詩集　**夢であいましょう**

詩集 花鎮め

装幀＝柴　智栄

詩集

ハワイアン弁財天

ハワイアン弁財天 一

レファの蜂蜜が流れ込むようにして
ゆっくりと虹色の光が広がっていく
うれしくて、うれしくて
肌が光に温められていくのがわかる
心がゆっくりと溶けて体中を巡る
来てくれた、来てくれた
光の中の姿

大きなハイビスカスを耳に飾り
サラスバーティー、弁財天がやってくる

結い上げた残り髪が香るように揺れている
月を薄く削いだような肌
小さなティキのピアス
今にも咲こうとする果実のような胸の上に
プルメリアの花でできたレイが跳ねる
百合のひとひらを思わせるウエストラインを
白いベルベットのホロクがぴったりと包む
さざ波のように揺れながら
白鳥の広がる羽のように
十本の腕をくつろげている
それぞれの手からは金や銀の光が絶え間なく舞い落ちる
大きな花びらが白い船のように落ちていく
あやすようにウクレレを抱いて
妙なる音をかき鳴らしている
まつげの紗の奥に
まっすぐに立つものをやどした瞳

いま世界にはハワイが足りないの

インドが足りないときもあったわ
ロシアが足りないときもあったわ
ローマが必要なときも、フランス不足の時期もあった
でも今はハワイが決定的に不足しているのよ
虹の光が弁財天の声に共振して揺れる
蜜がパンの生地にしみるように
その意味は僕の心にしみひろがり
心を甘く満たしていく
そうか、ハワイが足りなかったんだ
ハワイを配りに行こう
世界にハワイを！

ぴったりと合わせた両の手のひらのように
つながり合う空と海の青
百年もそこにいた、という面構えの雲
気まぐれに飛び交う極彩色の鳥
それはもうずいぶん前に自由になった人々の霊だ
ふんだんにあふれ咲き乱れる草花

それは純粋に生命を繰り広げ遊ぶ妖精たちのしわざだ

キラウエアの流れる溶岩
太古からのホットスポット
生きたボルケーノ
直接にこの星のエネルギーが
目の前にあふれ出ている
灼熱の火口に降り立つと
光が取り囲む
おれたちはここまでのぼってきたぞ
これからももっと吹き上がるんだ
地の底は重く熱くギュウ詰めだった
これから自由に飛び立つぞ
生まれたての星の赤ん坊に
シャワーが激しく降り注ぐ
サラスバーティー、おれたちは湯気になって天に昇るぞ!
雨上がりの空には大きな虹が架かる

カンナやデュランタの花びらからあふれ出して
女たちがフラを踊る
サーファーたちが波をくぐり
イルカたちがテレパシーをとばす
細胞の一つ一つに光が浸透する
戯れるイルカや
フラダンスのしぐさのように
原形質が流動している
打ち鳴らされる太鼓や
波が水面を打つのにあわせて
細胞膜が脈動している
ジェル状の泡粒の一つ一つに
光が屈折して無限の色彩を展開している
体中の冷えや痛み
しこりやつっぱり
にぶさやもやもやが
ひとつひとつ消えていく
欠けていたものは満たされ

過剰であったものは消失する
固いしこりは揺すぶられるうちに溶けてしまう
鈍い冷えは点々とともる光に次第にやわらぎだし
眠らない都市の夜明けのように
しまいにはぽかぽかと暖かさに変わってしまう
細胞はすべて暖かく
幸福感に満ち
すべてが一つにつながり合って
より大きな生命をやむことなく営んでいる
サラスバーティー
わたしはあなた
サラスバーティー
あなたはわたし
わたしは細胞で地球を営んでいる
地球は細胞で太陽系を営んでいる
太陽系は細胞で銀河系を営んでいる
銀河系は細胞で宇宙を営んでいる
宇宙は細胞で

なにかを
なにを？
神を営んでいる
サラスバーティー
だからわたしはあなたであなたはわたし

サラスバーティーはナイフをふるい
大きな大きなパイナップルをきれいにくりぬく
マンゴー、キウイ、パパイヤ、タピオカ
ハナウマ湾より大きなパイナップルに
ココナッツミルクを注ぎ入れ
さあパイナップルボートにお乗りなさい
勇気を出して
You can do it! Don't be scared!
世界中の悲しむ人に、甘いデザートを振る舞うのよ
みんなすっかり暖められた
細胞がみんな光り始めた
生命の光を世界中の人に届けるの

人殺しも殺された人も
盗人も盗まれた人も
犯された人も犯した人も
だました人もだまされた人も
みんなみんな冷えてよどんで痛んでいる
その人たちにスイーツで勇気をあげるのよ
焼け石に水？　蛙の面にションベン？
それでもやらないよりはましじゃない？
何十億年も前から神や仏は光をふるまってんの
たかだか百年も生きてないくせに
やりもしないうちからナマイキ言ってんじゃないわよ
さあさ乗った乗った、ハワイ発ワールドツアーの出発よ！

花々や果実や木々
鳥たちや虫や犬や猫
亀や鯨やマンタ
男も女も子供も年寄りも
みんな笑顔でサラスバーティーの手のひらに乗り組んでいく

捧げ持つパイナップルボートの上に
二つの手で生命の球をこしらえている
その間も残りの手が忙しく生き物を拾い上げ
生命球はみるみる大きくなっていく
虹色の光を放ち微細に躍動しながら
真珠のような滴がしたたり落ちる
サーファーやフラダンサーはもう空を飛び交っている
イルカやシイラも空を泳ぐ
サラスバーティーを覆うように大きな虹がかかっている
Love and peace and sing and dance!
ふわりと僕は大きな指につまみ上げられ
ぐんぐん空にのぼっていく
不思議と気持ちはリラックスしていて
にこにこふわふわ浮いている
足下に波の化石のような崖が見える
融解した金属のような海が見える
太陽は近づくほどに小さくなり
ハワイ、マウイ、ラナイ

モロカイ、オアフ、カウアイ
水平線が円を描くようにすべてつながったとき
あぁ、この青はマリアさまの青
何で金持ちが最後に大観音を作るのかがわかったよ
僕は何がまちがいでしかしまちがいではなくて
すべてつながってるから偶然は
偶然に見えるが別の観点からは偶然ではなく必然であり
などということを理解しかけたとたんに
突然急降下し吸い込まれるように生命球につっこんだ

卵割を起こすように生命球にひびが入り
無数の滴が滴っていく
パイナップルボートからは数え切れない光のラインが放たれ
痛むもの、病むもの、苦しむもの
飢えるもの、泣くもの、引き裂かれたもの
怯えるもの、悩むもの、渇くもの
それぞれに降り注ぎ、彼らを笑顔にする
天使、土地の神、山や海の神

菩薩、聖者、守護神
神々にも振る舞われる
神々は喜んで光の花びらを舞い散らせる
魔物、邪神、亡者
悪霊にも振る舞われる
光は悪霊を浄化し、満たし、すっかり成仏させてしまう
さようなら、ありがとう
ありがとう、みなさんさようなら
アロハ　マハロ　アフイホウ

青が眠り、青が目覚める

もしも世界が救われるのなら
ホノルルマラソンを完走しよう
カヌーで太平洋を横断したっていい
パラセイリングで音速突破しても
スキューバでマリアナ海溝探索したっていい
もうその覚悟は決めてるんだ
もうずいぶん前から
世界中でみんな
覚悟だけは決めているんだ
ありがとう、ありがとう
ハワイアン・サラスバーティー

合掌ガネーシャ

二

静寂を語るために封じられたかのような
幼い結晶を両の掌に満たして
ただ彼方の闇だけが眉根を寄せてせわしなく駈けていく
雲海をぬけでた満月が、おおきな象の瞳のようだ

波のわくらばに、そぐへに渦列を巻く。
寄せ来るもかなわず、たなごころを擦る。
月のまなかひの覚束なくも潮にけぶりて、
磯まには波音も青みたるべし。

おれこのあいだ東和町の木幡山というところに行ったの。
そこの寺…昔は神仏習合してるから建築としては神社でもあるようなのだけれど
（隠津島神社ってとこ）、
その建築の木鼻という部分があるのね。
よく梁の四隅に象とか獅子が彫ってあるんだけど…
それを「木鼻」というのね。
木の「はな」。はしっこのことね。
ま、それが彫刻されてたわけだ。
ところがその建物の奥社にはなんと
葉っぱが集まって象の形を形成している
木鼻が彫ってあったんだな。
これ、すごい技術なんですよ。
写真見せたいなあ。
葉っぱの隙間から向こうが見えるんだけど、
全体としては象とか獅子の形をしているわけ。

アルチンボルドなんていう昔の西洋の人が
りんごが集まってできた人の顔とか絵にしてるけど、
彫刻でやってる西洋美術ってあるんだろか。
つか、世界的に見てそんな彫刻あるんだろうか。
つーぐらいすごいのよ。
すごく感動したんだ。
なんだか昔の人って馬鹿にできないな。
で、思ったんだが、
前社の木鼻は普通のつくりなの。
で、奥社が葉っぱ集合体なのね。
で、そのさらに奥はただの山になってるわけだ。
古代の日本人って自然崇拝でしょ?
山や森や…自然がそのまま神なわけだ。
そこにいたるまでの段階的な宗教心のステップが
教えとして彫刻にこめられているのではないかと思ったの。
つまり仏像やなんかは普通にひとは拝む。
でもいきなり森が神だといわれても
そうそう簡単にはわからない。

だから中間項として葉っぱでできた彫刻を見せる…
そうすると次に森を見たときには
森が神だと言う事がすんなりわかる…
そういう仕掛けになっているのではないかと思ったの。
と、いうのはその彫刻を見てから、
おれ森や山が急に獅子に見えたり象に見えたりすることが
しばしばあるのね。
これ、昔の人がしくんだ視覚的な宗教教材なのではないかなあ。
すごく感心してんだ、だから、いま。

かたくしぼった布で
まず足の指を磨く
一本一本の指の股をこする
器に溜まった汚れた水を捨てる
流れの底にまるみをおびた石のタイルがしかれ
水を汲み替える
飽きるし、それに作業がつらく感じられて

何度も投げ出したくなるが
女はそのたびにしずかに体を拭くように指図する
右足が終わり左足に進み
…腕を拭くように命じられる
長い爪の色はその肌のハイライトに近いパール
混血する美しさ
女の肌はベージュに
そして透明に染まっていく
きっぱりとぬりわけられたはしばしに
かなたの海が透けている
また器の水を替える
乳房をぬりわけ
ていねいに顔面を
耳はその複雑な溝を布越しにたどった
長い髪は水に浸すととろりと酒のように揺れる
夢中になって広い背中を拭いていく
人体の作り出す曲面の旋律に
私の指先も溶けこんでいく

流れの中に指先をひたしていくときの
かすかな抵抗と交渉と和解
ここは宇宙のほのかな延長
すべてが透明になり、消える

絡み合う人体は
たまさかにより大きな顔を表現する
なにがしかの
叡智が導いたのだ
この技法に
この認識に
運命が寄り合わせた造形だ
幻覚の中の人体のように
ある部分は極端に長く
またある部分は極端にねじれ縮んでいる
そして全体としては歯をむき出した笑顔を
あるいは性交の豊饒を

驚異的に表現している
幻覚と述べたが
夢の象徴性に近い
近代人の夢は全体を見渡せないがために
奇妙に誇張・圧縮・変容されたもの
となるが、「夢の全体」を見渡すことができれば
それほど難解な内容を伝えるものではないのかもしれない
悪夢ならばそこから飛び立ってみるがよい
夢の地形図は全体としては何を伝えようとしているのか?
一つの認識の水準にとらわれないこと
自らの夢から飛び立つ力
浮遊力
繰り返し繰り返し刻むこと
数百回の夢の中での反復
のあとに
推力の印象が現れる
あるいはそれは天からの光の
牽引力

あなたが眠れないのはあなたの夢がそれだけ努力しているからだ
それは悪神との性交それは天使との格闘
虹の色彩を見極めようとすること
黒檀の重さ背筋を伸ばされる手ざわり
握りしめたまま深い水の中にぶくぶくと潜っていく
恐ろしさは半減している
遠く頭上に小さく輝く太陽
死者の笑いに似た海の青さ
なぜ距離と時間はおなじ尺度で測られるのか?
わしづかみに海の底へ引きずり込まれる
マコンデの青い認識の罠に

ぼくたちは
赤い岩の上に座って
赤い砂漠の点の上で
足を組んで肌を灼いて
ふたり

ながいながい話をした。

きみはまっすぐに空をさして
「私はあの火星へ生まれ変わりたい！」

ぼくには見えない星を
ゆびさして泣いた。

きみのなみだの青かったことは。

君を透いてその日の空が流れでたのだと思った。

後輩のOさんのおじいさんは
戦時中通信兵をなさっていたそうで、
モールス信号で通信をしていたのだそうです。

むろん、モールス信号はトン・ツーの二つの音だけで通信をするシステムですから、

周囲の雑音
（トタン屋根の風にたわむ音や列車が線路を進む音など）
がたまたまトン・ツーの並びになっていたときには、
おじいさんの頭の中では
意味不明の言葉の羅列に変換されて
煩わしくて仕方がなかったそうです。

アフリカのある種の太鼓は意図的に革が片張りになっているのだそうです
一方の皮の張られない側を
川の中に漬けて叩くことで
同じ流域の距離の離れた部族に通信ができるのだそうです
水を媒体にすると通信速度も速く、減衰も少ない
決められた時刻に村々の通信士が川端に耳を付け情報を得るのだという
トーキング・ドラムのブロード・バンド。

象は低周波を使って遠方の仲間とコミュニケーションをとるそうです
この能力でスマトラ沖地震の時は津波を察知して逃げるものが多かったのだとか
地殻と生命のコミュニケーション。

エジソンはモールス信号でプロポーズしたんだよね
会食してるうちにこっそりとテーブルをたたき合ってお嫁さんと通信しあったんだって

まわりの人は全く気がつかなかったって

ヘレン・ケラーはサリバン先生に指文字で言葉を習ったんだったな…

W・A・T・E・R　「WATER」

その昔アボリジニは打楽器でイルカと交流する技術を持っていたそうです

今はこの技術は失われています

携帯電話の電磁波で方向感覚を狂わされるので

もう鳩レースは開催不可能なのだそうです

伝書鳩の技術も失われつつあります

CQCQ!

もう通信は不可能ですか?

まだ通信は可能ですか?

通信があなたに呼びかけても

正しい変換表がなければ意味はわかりませんよ、ほら。

(カッコの中は憶え方だそうです)

イ　・－　(伊藤)　　ロ　・－・－　(路上歩行)

ハ　－・・・　(ハーモニカ)　ニ　－・－・　(入費増加)

ホ　－・・　(報告)　へ　・　(へ)

ト　・・－・・　(特等席)　チ　・・－・　(地価騰貴)

リ　－－・　（流行地）　ヌ　・・・・　（塗りもの）
ル　－・－－・　（ルール修正す）　ヲ　・－－－　（和尚焼香）
ワ　－・－　（「わー」と言う）　カ　・－・・　（下等席）
ヨ　－－　（洋行）　タ　－・　（タール）
レ　－－－　（礼装用）　ソ　－－－・　（相当高価）
ツ　・－－・　（都合どうか）　ネ　－－・－　（寧猛だろう）
ナ　・－・　（習うた）　ラ　・・・　（ラムネ）
ム　－　（ムー）　ウ　・・－　（疑ごう）
ヰ　・－・・－　（威光発揚）　ノ　・・－－　（乃木東郷）
オ　・－・・・　（思う心）　ク　・・・－　（悔しそー）
ヤ　・－－　（野球場）　マ　－・・－　（まあ任そう）
ケ　－・－－　（経過良好）　フ　－－・・　（封筒張る）
コ　－－－－　（高等工業）　エ　－・－－－　（英語ＡＢＣ）
テ　・－・－－　（手数な方法）　ア　－－・－－　（あー言うとこー言う）
サ　－・－・－　（さー行こう行こう）　キ　－・－・・　（聞いて報告）
ユ　－・・－－　（憂国憂壮）　メ　－・・・－　（名月だろう）
ミ　・・－・－　（見せよう見よう）　シ　－－・－・　（周到な注意）
ヱ　・－－・・　（回向冥福）　ヒ　－－・・－　（兵糧欠乏）

モ　－・・－・（猛子と孔子）セ　・－－－・（世評良好だ）
ス　－－・－－（数十丈下降）ン　・－・－・（旨めー旨めーな）

球体が深海に沈められている
抽象的な幾何学図形によって構成された
翼のある人々の影絵
球体は波に揺られながら
自らのうちに封じ込められた光を伝えようとする
目を閉じると
熱い火のように充溢する光
少年は幽閉された深い海の闇に
謎と羞恥に
ままならぬ痙攣に震える爪を立てる
白い幕の上に
翼を持つ人々の影がうつる。
水盆らしきものをめぐり
人々は思案をめぐらす。

何事か人々を魅惑する謎が、
　水盆の中にはあるらしい。
（影と鏡とには共通点がある。魔術的な共通点が。）
　ひとたび吹き付けた風が、
　　舞台の幕をひるがえす。
　幕の向こう側にしつらえられた、
パイプやボルトの複雑な設備。
　月の巡る角度によって、
　幕の上に物語が展開される。
（月と地球はある視点からは歪な一つの重力場として観察される）
　　水盆の中を探るために
翼を持つ人々は二叉の杖を手にとり、
　一人が自らの目をはずし、
その目のあった場所に円形の光が
不在そのもののようにさしている
　不在の場にこそ光は流れ込む。
目であった球体を杖に受け、さらに水盆に落とす。
悶える球体は重篤な腫瘍に似ており

燠き火のように誠実に祈る

ここでわたくしは、ヨブや、鯨にのまれたヨナや、
さまざまな聖書の殉難者たちを思い出しました。
（または仏伝における指の折れた阿闍世王の怨苦）
ほんとうはそんなことを思ってはいけないのかもしれませんが。
けれどもちょうど学校に通う子供たちが
黒板にはけして書かれないものを求めては
得がたくせつなく臓腑をこがすように
海の底の珠にいいしれぬ共感を覚え、
すてきに静かにくりひろげられる、
この清涼な影絵の演目に、
いつしか真率にひきこまれていたのでした。
まだたなく震える指先を強いて、
少年はみずからを抱き頬よせようとする。
しかしそのたび球体は掌からこぼれ落ち、
転々と闇の中を転がりさまよう。
深海の闇の中で。
（しかしわれわれはあと一歩でなにものかに到達できそうではありませんか？）

日本各地にある
聖天の多くは秘仏である
抱きあう二頭の象
少し離れてみると
男根と女陰を同時に象徴しているのがわかる
長い鼻のアールをたどり、おでこから頭頂へ
また組み交わされた膝の織りなす襞へ
（善女象が邪男象の足を踏んでいるとも）
秘儀はかくされており、なおかつ、ひらかれている
二体の同じ姿が抱き合う
合掌の秘密
右手と左手は鏡像である
生命の秘密
雌雄に染色体を分担させた理由
二重らせんの形態の秘密
右手に受け入れられて

左手は咲きほころぶ
左手に抱かれて
右手は安堵する
左手が右手を探そうとすると
右手は不在する
右手が左手に溺れようとすると
左手はつるつるとこぼれ落ちる
両の掌をあわせて
それは森の形
それは海の波の形
それは星の輝きの形
それは世界で最初の性交の形
すべての極端なふたつのものが
これ以上ありえようのない形で合体し顕現している
ありふれていることのなかの奇跡
それは阿吽であり
口腔の最大拡張および最小収縮
吐く息と吸う息

はじまりをみた?　おわりをみた?
海であり空であり
昼であり夜であり
生であり死であり
鋳物であり鋳型であり
(つまり、集合であり補集合であり)
光が作り出す歪んだ影の自画像であり
マコンデの歪み
鏡に映る自分の顔であり
(それが自分の顔であると証明することは自分にはできないはずだ)
二つの似たものの存在は
われわれを超越する能力の存在を暗示する
人間は全く次元の異なる存在の露頭を見たのだ
右手と左手の密着に

うずくまる私の前に
ふきつける風がひりひりと痛い

服を寄せてきても肩を抱くようにしても
　冷たさから逃れることができない
　　さぐり回る犬の鼻息のように
食い物にガス状にたかる蠅の群れのように
死が私の輪郭を見つけようと触れてくる
いたいいたいいたいいたいいたいいたい
　骨の中に細い金属を打ち込む
さむいさむいさむいさむいさむいさむい
関節を引き延ばせばあってはならぬものが
　　あちこちから飛び出ている
　ふきつける風の中に飛び散る木の葉が
　一つ、二つ、火をともしはじめる
つむじ風がくるくると火を巻き上げ始める
　風と火が、人の形を作りだす
　　風と火でできた人

バックハーフを開けると

砂浜とさざなみが
そしてすっきりと痩せた黒い犬が立っている
逆光の中に佇む犬の揺れる舌
濡れた腹の毛からしたたり落ちるしずく
波は閉じる
波は犬の足をまっすぐに立たせる
波は犬のしずくに光をあつめる
犬の足もとを砂が輪を描いて埋めていく
ピアノの凝縮された黒の中に
はじめ大理石のように光の斑が混じりだす
やがて練られたような無定形の透過光が
変奏された天使たちが
互いによせあい干渉しあう波紋の諧調
海に臨む空の無欠さに
くつろげ伸ばされた女の白い腕
光をはじく葉のクチクラ
さいわいの降りそそぐ岸辺に
黒犬と波紋は溶け混ざりながら一つの渦をつくる

鳥の羽は微細な色彩を刻みながら
　瑠璃光
　海や黒の深さ
極まったように黒犬は咆哮をあげ
　いま覚めたかのように
　鍵盤と幻影は鎮まりかえる

迦楼羅真珠浄土《カルラ・パール・パラダイス》

三

ふうわりらり　ふうわりらり
白い珠の　丸い珠の　ふうわりらり
てんてんと土の上に　ぴんぴんと土の上に　わりらり
ひとつ転がると　らりらり
二つ三つ四つ五つ　りりりり
りりりり　りりりり
いちめんにいちめんに
ざあっ　ざりわりらり　ざりわりら
りりりり　りりりり
草の上にも　土の上にも

遠い紅葉の赤や黄の上にも　ヒゲの上にも
指のふしの上にも　虫の斑の上にも
ざいりわいらいるるりら
ろろう　ろろう　ろろう

白い丸い珠の　りりりりりりりり
降る降る空から　りりりりりりいりり
白い丸い珠の　りりりりりりり
降る降る雲から　りりりりりりりりいり

曇り空の中に
一粒一塊
奇妙な光る球体が現れ
紫に緑に青に赤に
微細に震動をつづける
と見る間もなく
渦?　ジグザグ?

流れたっ
思ったら消えた

白い山で　雪の山で
朝もなく　夜もなく
雪の降っておりますのに
くちばしを埋めて　指先まで潜らせて
地の虫の　木の根の
温かく火を噴いているのを
つつきだしては　食べていましたところ
とおくとおくの
古い言葉で　神の世の言葉で
強く呼び出すものがあり
速く呼び出すものがあり
呼ぶものがあっても知らん顔
強く速く呼ぶほど知らん顔
熱い火の蛇をつるつると呑んでおりましたが、

呑み終わると
風がうまく吹いて
雲がうまく降りて
私を運んでゆきました

緑の森の中では
一人の男の子がはだかで
黒い緑の目
透明な球蓋の底であわあわと緑が波立つ
靄のように全身が
黒い刺青で覆われて
それをひっきりなしにかきむしっている
よく見ると刺青は
黒い猿のような蜥蜴のような蛇のような文様で
それぞれが生きた文様で
男の子の肌の上を這いずりまわっている
その緑の目の男の子が

とれたてのハナムグリの幼虫と
揚げたてのカミキリムシの天ぷらと
捧げて言うには

薄暗い山の川の流れに
緑が届くまもなく垂れ
映りこんでいる
様々な草花
川の流れの白い波立ちの光に
つと形を作るものがよぎる
それからそれらは
いくつもの文字が
次々に流れていく
その文字が読めない
読めぬ文字の
紡ぎ出す物語にいわく

車を止めて
ついて行く
夜の駐車場から催事場へと
もうたくさんの人が詰めかけているらしい
何かが起きている
楽しく胸が沸きたつ感覚
期待する
でも迷う
舞台の裏から接近してしまう
いつも
そっと物音を立てないように
しずかに
木組みの壁に沿って進む
この壁一枚向こうが
今夜の舞台だと直感している
小さなのぞき窓があり
背伸びして見る

銀の粒をびっしりと刺繡したかのような
びろうどの毛皮の獅子舞と
鉛色をした剣の先をたてて
膝立にいざり歩く敦盛の舞
一歩踏むたびに鈴の鳴るのが
うつくしくてうつくしくて
ふと見ると席に大勢の人が
呆然とみとれていると
私の肩を叩くものがあり
ふりむくとどこかで見た顔の女の人の幽霊が

私は見たの
私は見たの

私の記憶が　私の三歳の時の記憶が
私の姉の記憶が　私の姉の七歳の時の記憶が

私を取り巻いているが　私は
私を監視しているが　私は

焼け出された
私は呼び出されてうれしい
私は呼び出されてくるしい

呪う人祝い　祝う人呪い

はじける火の中で
もだえる火の中で
演説をする消防団員

犯人を捜そう
犯人をつかまえよう

多くの人影が
油のように顔を照らせて

立って演説を聴いている
それぞれの心臓の音がみなぎって
遠い太鼓の音のようだ

見るな見せるな
聞くな聞かせるな

私は姉様の服の裾にしがみついて
姉様は私の頭を胸にしがみついて

消防車の脇に隠れてこの演説を聴いておりましたが

クムクム石を踏んで
ギグギグ石をはじいて

男の人が一輪車を押してきましたところには
たくさんの丸いものが
真っ黒な重いものが

乗せられて重ねられておりましたが
それは人の首でありました
それは私たちの首でありました

けーげ　とろとると
とろとるとろとり　よりよりよりよう

いつでも悪魔の娘は様子が美しい
顔が美しい
黒い衣を着て
わたしを見るとニコニコして
いうことには
「青い肌の少年　月の肌の少年　遊ぼう
さあこれから森の根を絶やして見せよう」

わたしはうっとりとして
娘の鱗のような爪に

虹色の瞳に見ほれておりましたが
娘はかるがると石を撒いて
くるくると木々を巻いて
森を根絶やしにしてしまいました
わたしがうっとりと
鹿やウサギが列を作って天にあがるのを見ていると

白い髪をなびかせ
わたしを見るとニコニコして
いうことには
「緑の目の少年　夜空の目の少年　遊ぼう
さあこれから海の根を絶やして見せよう」

わたしはさらにほれぼれとして
娘の雲母のような唇に
藤色の頰に見ほれておりましたが
娘はざらざらと砂を撒いて
くるくると波を巻いて

海を根絶やしにしてしまいました
わたしがうっとりとして
魚や貝が列を作って風に吹かれるのを見ていると

茱萸色の舌を出して
わたしを見るととろけるようにニコニコして
いうことには
「カッコーの声の少年　北風の声の少年　遊ぼう
さあこれから人の根を絶やして見せよう」

それを聞くとわたしははっと目がさめ
魔法からさめたので
かっと腹を立てて悪魔の娘に躍りかかった
すると悪魔の娘も
ほんとうの持ち前の正体を現し
顔中に黒いしわをみなぎらせて
眼を血の玉に変えて
「生意気な、本当に

お前そんな事をするなら、力競べをやろう」
と云いながら上衣を脱いだ
わたしも薄衣一枚になって
組み付いた　娘もわたしに組み付いた　それからは
互に下にしたり上にしあったり相撲をとったが
大変に悪魔の娘の力がある事には驚いた
わたしは腰の力、からだの力を
みんな出してしまって組み付いていたが

組み付いた悪魔の娘の肌から
黒い衣で隠していた刺青が
わたしの肌にぞくぞくと乗り移ってきた
悪魔の娘の乳房から背中から腰から
ノミのようにぴんぴん　ダニのようにするする
猿のような蜥蜴のような蛇のような刺青が
乗り移ってきて
わたしの清い文様　お守りの文様は
どんどん覆われて

わたしの体をすっかりと黒い刺青が
覆い尽くしてしまった
まるで大変怒ったような
まるで大変疲れたような
刺青が全身を這いまわってもやもやと
全身をいたずらしてじくじくと
わたしを苦しめたので
わたしは腰の力も　体の力もすっかり
使い果たして
しまいにはどうなったかわからなくなってしまいました
気がつくとわたしはわたしの耳と耳の間に倒れていた
大変なことが起きたと思い
しるいしるい泣きながら
わたしは魂になってぴょんと飛び出した
魂になると冥界では
火の燃える中
たくさんの首のない人に出会った
首のない人に訳を話すと

「それはとても力はやれない
しかしおれはお前に次の冥界の道を教えよう」
と言ってわたしを焼いた
わたしはしるいしるい泣きながら
次の冥界にはいると
暗い劇場で女の人の幽霊に出会った
女の人の幽霊に訳を話すと
女の人の幽霊は黙ったまま
わたしを奈落に突き落とした
わたしはしるいしるい泣きながら
次の冥界にはいると
森の中で文字を流している川のほとりで
日食のように昼だというのに青暗い川のほとりで
文字に書かれていることはさっぱりわからなくて
わたしは川のほとりで途方に暮れて
泣きながらごうごうと身をよじり
だむだむと天に跳ね地を踏み
「悪い悪魔の娘にだまされて

悪い悪魔の娘に見ほれて
つまらない悪い死に方をした
つまらない悪い死に方のために
森の根が絶えました
海の根が絶えました
だまされたのも悪いが
見ほれていたのも悪いが
森の根に尽くすから
海の根に尽くすから
だむだむ
わたしの身を尽くすから
だむだむ
人の根を助けて」
と言って川の中を覗くと
文字の川底にはきれいな石が
光る石があり
輝いておりましたので　わたしは
なにも献げるもののないよりはと

身を飾るもののないよりはと思い
光る石を丸い石を飲み込んで
川に身を投げました

ひゅーり　ゆーり　ひゅーりー
小さな鳥が一羽　悪魔の娘の肩に降りてきた
中ぐらいの鳥が二羽　悪魔の娘の頭に降りてきた
三羽四羽五羽六羽
ひゅるさやららひりりり　ひゅるさやさや
ひゅるさやらららひりりりり　ひゅるさや
大きな鳥が大きな大きな鳥が
たくさんの鳥
赤い鳥が青い目の鳥が
白い鳥が黒い羽の鳥が
悪魔の娘の肩に頭にとまり
悪魔の娘はすっかり鳥の群れに覆われてしまいました
海へ逃げてもひゅるさやさや

山へ逃げてもひゅるさやさや
目や耳や髪をついばみ
皮や骨や腱をつつかれて
悪魔の娘はすっかり鳥の群れに覆われてしまいました

「お父さん　このおかただれ？」
「神さまだ！」
「神さま？」
「おおむかし
天地を創造するのを
てつだったひとりだ！」

くちばしがわたしをついばむ
たくさんの肉食鳥が舞い降りる
表皮にめだたなくとびでたきっかけをうまくつかまえては
鳥たちはわたしの中からたくさんの気味の悪いよどみをひきずり出す

これほど多くのよどみがあったのかと思われるほど
たくさんの悪虫悪蛇が体から取り出される
なぜだかコードやチップやコンデンサなども出てくる
多くは痰のような粘液にまみれてぐったりと出てくるだけだが
まれに干し柿の種を包む膜のようなものから勢いよく飛び出して
鳥たちに立ち向かおうとしては
またたくまにくるくるフォーク巻きにされて食べられる
わたしは木偶のようになって何の能力もなくなる
蛇と鳥の阿鼻叫喚の饗宴が
わがことながら爽快で自然に笑いがあふれる

と女の人の幽霊は語った
語る声を聞いていているうちに
次第にこの女の人の幽霊が
誰だか思い出せそうになってきたが
なんだか忘れてたことが罪深く思えてきたが
脂のように固い汗びっしょりになって考えてみるが

どこの誰だのかまったくに思い出せない

とぽとぷとぴ　とぽとぷとぴ　とぽとぷとぴ　ぴりりり
熱い汁の　粘る汁の　とぽとぷとぴ
空から一粒落ち　とぷとぷ
二つ三つ四つ五つ　ぴりりり
降り　降ってつながり　炎の蛭になり
蛭になってうごめき
あしゅしゅん　あしゅしゅん
尺取り虫の動きで　かぴりくぴり　あしゅしゅん
自律神経の動きで　くゆりかゆり　あしゅしゅん
くゆぴるかり　あしゅしゅん
くゆぴるかり　くりりり　あしゅしゅん
火の蛭が一面を埋めつくす
とゆとぽとりぽらとてちちちりりり
燃えながらもだえる
消滅と滅尽の苦悩と快楽

くりり　ぴりり　あしゅしゅん
いやさっぱりした　せいせいだ
もつりはらりさらり　あしゅんしゅん
さあさささささささ　さあさささあさささささあさ
ざあっ　ざりわりらり　ざりわり
とゆとぽとてちちりりり
ざいりわいらいるりら
ろろう　くりり　ろろう　くりり
ろろりいり　ろろりいり　ろろりいりろう　ろろろろう

ぱらりり　すう　ぱらりいり　すうう
わたしは牡蠣の実のようにつるつる
たくさんの毒と火によってわたしもさんざんに燃やされ
たくさんの蛇と鳥によってわたしもさんざんについばまれ
わたしははだかの牡蠣の実ほど頼りなく情けないものはない
わたしは自分が誰かもわからない
帰る場所も居所もなくなってしまったと思っておりましたが

遠い国のかた　空の彼方のかた
神の言葉で話すかたが
雲を越えて風を越えてやってきてくださいまして
牡蠣の実のように　流木のかけらのように
つるつるで皆目見当もつかないわたしを
拾い上げてくださり　掌にのせて
「大変な戦いに耐えて　よくわたしを呼んだ」
と神の言葉でおっしゃってくださいましたので
わたしはうれしいようなはずかしいような泣きたいような気持ちになって
白い肌の烏賊の肌の
なめらかな肌につるつるの肌に
青や赤の光の粒が
黄や緑の光の粒が
ぱらっぱらりりりりすう
ぱっらっりっららっぱすう
液晶のようにながれていく
わたしは水も飲みたくて
わたしには吹く風もしみるようで

息も絶えそうになっていたが
わたしは言葉も言えず泣くこともできぬわたしには
こうして肌に気持ちを表すことが精一杯でした

濡れた緑の草原を飛びながら眺めている
視界の中に空気の屈折が
雲型定規で描いたようになめらかに曲線を描く

世界は縞状に渦状に
光によって塗りわけられる
風によって引き離される

涙がつたうことで
きみの頬は塗りわけられる
きみと世界は分け隔てられる

鈴の音　きしん

走っていく羊の群れ
丘の向こうの空にまで
そのまま雲になれ

風にはためく数冊の本のページ
そのまま羽ばたいて飛んでいく
言葉をみんなこぼしてしまって
文字をみんなちらせてしまって
身軽になってしまって

「ねえ、きみ。きみの本が飛んでいってしまったよ」
きちんと束ねられた髪を
夢の底におろしたまま
どんな獣を釣上げるのか
きみは眠りつづける
白いハウスドレスで
すぐさまに水が足下からしのびよる

まだねむっている

きみは次第に水の中に沈んでいき
きみを分離し映し出す水面
シンメトリカルなきみの立体
とれたてのオフィーリア
顔だけになり
鼻だけになり

すっかり水の中に沈み込む
泡と波がやわらかく光を抱きしめ手放す

水色と緑と白が
規則的に配置されたモザイク模様の
平面がゆっくりと展開している

六芒星の中の杉綾織り
ぬばたまの三連黒真珠

夜の海のような瞳
きらめく散乱光が湾の形を描く

大きな泡が一つ揺れながら光っている
青みがかり赤みがかり揺れながら
眠るようにまばゆく揺れている
よく目が慣れてくるころに見回してみると
まわりはうつくしい銀の粒の刺繍がいっぱいに揺れ
まわりはうつくしい雲と優しい雷がぱちぱちと点り
わたしはああうつくしいと思った
まわりはわたしのように牡蠣の実のように素朴になったたくさんの魂が
あくびをするように口を開けて光を飲みながら
楽しくかわいく笑っている

まわりの魂はわたしのぴかぴか光る真珠
わたしの飲んだ光る真珠を見ては
純真な賛嘆の声を上げ
腰の央をギックリ屈めてなん遍もなん遍も礼をして
わたしとわたしの神様の戦いの話を聞きたくせがみにくる
こうして今はもう、なんの困る事も無く
わたしは平穏に安心して暮らしています

＊1　本作は『アイヌ神謡集』（知里幸恵編、岩波文庫）から受けた感銘を動機としている。
＊2　作中に鬼太郎と目玉のお父さんの会話を引用した。『ゲゲゲの鬼太郎　陰摩羅鬼』（中央公論新社）より

神隷

四

ン
ーーーーーーーーーン
ーーーン
ーン
ーーーーーーーーーーーーーーーーーーーーーーーーー
速イ
速イ神
オレハ速イ神ノコトヲ考エテイタ
エテイタ
タ

食い縛る歯
その瞳と唇
ごくごく、星の瞬きのように痙攣する女
裸の女
わだかまる木の根かごの中にうずくまる
黒い瞳
北上ＪＣＴ路上の狂い蛇の光る瞳
無邪気に死んでもいいと思う
ああ、あ、ま、水の塊に抱かれて
あふれかえる抱擁感

イタ　　　　　　　　　　　　　　　　　　　大きな木の根に吸い上げられ
ーーン　　　　　　　　　　　　　　　　　　　わたしを追い抜いていく
ーン　　　　　　　　　　　　　　　　　　　　　わたしに伴走して
速度ノ神　　　　　　　　　　　　　　　　　　　青い松明をくわえた神が
高速ノ神　　　　　　　　　　　　　　　あるいは木の根の中に私を導く神
コレ程、降雨ノヨウニ　　　　　　　　　　　　　　　律儀な狡猾の神
鼓動ガ自然デアルコトハ　　　　　　　　　　　く、ぐ、る、という音の圧迫
ウフフ、困ッタコトダ　　　　　　　　　　　　　　水を潜らせられる
さまたり、さまたり、さま　　　　　　　　　　　　　神の震えの苦さ
さままままままま、さま　神人は神の奴卑なれば神の命にはいかにいたつきおらびてもえさからわざるなり
さまままま　　　　　　　　　　　　　　　　　歯が抜けかわる痛がゆさ
振動スル車体ニシガミツク　　　　　　　　　　　　　生成の苦い恍惚
谺ニマミレテ発火スル犬　　　　　　　　体液まみれで生まれるか生み付けるか殺す
息ヲ詰メテ速度ノ中ニクルマリ込ミ手が触れてもいつまでも震えているのはけして怖いからじゃあないよ
ウフフ、サア美シイモノヲ見セヨウ　　　　　　　　　　　　　　神の獣
オ前ガホントウニ見タガッテイタモノヲ！　　　　　　　怯える獣を安全に生け捕る

ひかりのその

五

ひ、ひー。
ひー、ひ、ひー。
ひ、か、
ひ。か、ひ、か。
ひかりの。
ひ、かりのその。
その、ひかりの。
ひかり、の、そのうえ。
ひかりの、そのう、へ。
その、ひか、りの、そのう、

へのひ、かり、の、そ。
その、ひかりの、そ、の、
う、へ、ひー、、、
ひー
ひか
ひー、ひー、ひー、
ひ、か、り、ひ、か、り、へ
そのひか
ひかりの、その
へりかひりか、ひ。
ひかっ。
ひかれる
ひー、ひ、ーひ、ひひか、ひか。
ひーか、ー。
光
ひかりのそのうえのひかりのその
ひ。ひ、ひ。ひ、ひー
ひー、ひー、ひー、ひ

ひ、ひー。
ひか。
ひかりひー、ひ。
ひかり
ひ、か、り、ひ
ひ

光
ひか光
ひ、か、ひ、光
ひ光ひ光ひ光ひ光ひ
ひ、か、光
かかかかひか、ひ、かか。
かかひー光光ひかり光
光光光光光光光光光光光光光光光光光光光光光光光
ひひひひひひひ光
ひー、ひー、ひか、ひー

ひー、ひかっ
ひひひひひ
ひひひひひ
ひひ、ひひ、ひひ、
ひひひかり
りりりりりりりりりりりりり
ひりかりひりかりひり
ひりひりかかかかかか
光、光、光！
ひあかりあかりりりっ
ひやかりやかひひひっ
ひひひひ、ひー。
ひひひひひ、ひー。
かりかり。
かりかりかりかりかりかりかりかりかりかかひかり
光っ、
ひかりひかりひかりよ
光の光の光の光の光の

そ、そそそ、そのひかりの！
ひひひ、ひー、ひー、ひー、ひ
ひい、ひい、ひー、ひーい、ひ
ひひふふひひふふひい、ひかり
ふひいふひいふひいふひ、ひ
ひー、ひーひーひーひーひー
光光光。
光よ。

ウパ、ルパ、カオ、ツム
するとその光は
わたしをバラバラに引き裂いてしまいました。
まぶしくてたまりません。
輝く光の網が交わりあっています。
ウパ、ルパ、カオ、ツム
ウパ、ルパ、カオ、ツム
わたしはやわらかに立ちつくします。

ち、ちち
でぢちちでぢちちででぢぢぢぢぢぢ
でぢ、ち、やぁーも
でぢ、ち、ふぁーも
でぢちち　やぁーも
でぢちち　ふぁーも
でぢ
ちちちちちちちちちちちちちちちちちちちちち
でぢちち　　　　　　　　やぁーも
　　　　　　　　　　　　ふぁーも
でぢちち　　　　　　　　やぁーも
　　　　　　　　　　　　ふぁーも
でぢちち　　　　　　　　やぁーも
　　　　　　　　　　　　ふぁーも
でぢちち　　　　　　　　やぁーも
　　　　　　　　　　　　やぁーも
でぢちち　　　　　　　　やぁーも
　　　　　　　　　　　　やぁーも

でぢちち　　　　　　　ふぁーも
　　　　　　　　　　　ふぁーも
らーも、もららら、むらも、むららら、ららら
ららら、ひー
ひらら、ひー、
ひ、か、ひ、らら、か、らら、ひ、らら
かっ、かららひかかひらら
ら、からら、かん、
かか、光、ら、光。
か、からら、光、から、
から光、から光、から光
でぢちから光、でぢちちから光、でぢぢぢ
光むむむむむ、むらも
ちちちちちち、ららら
らちらちらちらちらち
らら
ひ、ひか、ひひひ　　　　　　　　　ち
たもひかり、やもひかり　　　　　　ち

ひ、ひか、ひひ、ひかり、光。　　　ち
でぢでぢでぢ。光、ひ、かかか　　　ち
ちょ、ちょちょちょちょ、ちょ　　　ち
らい。らい。らい。らい。らい。らい。　ち
りひりひりひ。りひりひりひ。　　　ち
ぶんがんがん、ぐんぐんぐん、じ　　ち
ぶんがんがん、ぐんがんがん、じぐ　ち
ぶんがんがん、ぐんがんがん、じぐじ　ち
ぶんがんがん、ぐんぐんぐん、じぐじげ　ち
ぶんがんがん、ぐんがんがん、じぐじげじ　ち
ぶんがんがん、ぐんがんがん、じぐじがじじち
じぐじげじぐじじ、じっ。じっ。じっ。じっ。
じじっ　じっ
じっ　光。じっ
　　　　じっ　光。じっ
　　　　　　　　じっ　光。じっ
　　　じっ　光。じっ
じっ　光。じっ

じっ　光。じっ　光。じっ　光。じっ　光。

ガッガツガツガガガッ！
ガ！ツガツガツガ！
ガツ！ガツ！ガッ！ガッ！ガッ！
グーウ、グウルルル。
グル、グル、グル
グガツ、グワツ、グガツ、グワツ
グ、グ、グ、グルグルグル

ギン！
ギイン！
ギンギン！
ギギギギンギン！ギン！
ギギ、ギギ、ギギギギギギギギギギギ
ギンギンギンギンギギギギギギギギギ
ギギギ　　　　　　チュ
ギギギ　　　　　　　　チュ
チュンチュンチュンチュンチュン
チュチュチュチュチュチュ
チュンチュンチュン
チンチチチチチチチチチチチチチチチ
ケーゲーゲ。
ケーゲーゲ。
ケーゲトロトロトロトロトロトルトル
ケーゲトロトルトロトル
ケゲトロケゲトロケゲトロ
トトケケケケケケケケケケケケケケケ

ケケケケケケケケケケケケケケケケケ

トロトゲトゲトロロロ
ケケケロロロロロロロロロロロロロロロ
ケーゲーゲ、ケーゲーゲ。
ゲゲゲガゲゲゲガゲゲゲガ
ゲゲガガギギギギゲゲゲゲゲゲゲゲゲ

ゲア。
ギエガロロチチチキキテテテ
ヨヨ

ヨ

う、あーっああ!

うあーっうあ！
う。あーっああああ！
うあーーーーー！
うあ。
うあうあうあうあうあああああああああ！
うあうあうあ。
あーーーーーーーーーーーーーーーーーーー！
あぁ！
あ！あ！あ！あ！
あ？
ああああ？
ああああああああ！
ああああうあああああうああああああ？？
ああ！
うあうあうっあーーーーーああ。
あ！
あ？

ああああああああああああああああ！
ああああああああああああああああああ！
あああああ！
ああ！
あああーーーーーーーーーーーーーーーー！
ああ！
あああああああ！
あああああああああ！
あーーーーーーーーーーーーーーーー！

ひ、ひー。
ひー、ひ、ひー。
ひ、か、
ひ。か、ひ、か。
ひかりの。
ひ、かりのその。
その、ひかりの。

ひかり、の、そのうえ。
ひかりの、そのう、へ。
その、ひか、りの、そのう、
へのひ、かり、の、そ。
その、ひかりの、そ、の、
う、へ、ひー、、、
ひー
ひか
ひー、ひー、ひー、
ひ、か、り、ひ、か、り、へ
そのひか
ひかりの、その
へりかひりか、ひ。
ひかっ。
ひぃか…。
ひー、ひ、ーひ、ひひか、ひか。
ひーか、ー。

光

ひかりのそのうえのひかりのその
ひ。ひ、ひ。ひ、ひー
ひー、ひー、ひー、ひ
ひ、ひー。
ひか。
ひかりひー、ひ。
ひかり
ひかりのその

花膚

六

いくすちふに　いくすちふに
いくすちふに　いくすちふに
ふぁら　いくすちふに
ふら　いくすちふに
ふーーーーる　いくすちふに
ふるふる　いくすち
ふる　いくいくすちふに
いくすち
いくすちふに　いくす

いくちふすふに
いくちふすふぬ
いくすちふに　いくすちふに
つくふす　つくふす　すちふに
ふっつすふに　ふっつすふに
ねちゃにちゅ　ひちゃひちゅ
ふうすうふう
ふうすうふう
ふー
す
ふーーーーーーーーーーーー
す
すーーーーーーーーーーーー
ふ
はあ
はああ　はあ
ははははは
ぷつぷにぷつぷつ　ぷつにつ

さらさ
ひつひつひつひつひつ
おうおう
あぁあ
すうすう
すー
ぷつぷちぷつぷ
たたた
よぎよぎよぎよぎ
ぷぁー
ぷぁーも
ぷ　ぷぁー
ぷあーも　ぷぁーも
ぷあーも　ぷぁーも
ぷじゃるつがもうがも
よよよ
ぷあーも　ぷぁーも
ぷあーも　ぷぁーも

ぷぁーも　つぁーも
ややややややややや
いくすちふに　いくすちふに
（いくすちふに　いくすちふに）
あーぁーあー
いくすちふに　いくすちふに
（いくすちふに　いくすちふに）
おむおむおむ
いくすいてゅに　おぅ　いくすいてゅに
さるさるさる
はにはにはに
あぅ　いくすいてゅに

あぷくつちふ、あぷくつちふ
るるるるるるるる
あぷとくなむりりりり
あぷとくなむ
あぷ

あぁ
いんぎりりり
いんぎりりり
いんぎ
りりりりりりり
べずばらども
べずばらども
ども
べべべべ
りりりり
熱い。
げんびんでぃん　げんびんでぃん
げんびんでぃん　げ
のるのるのるのるのる
熱い、涙。
うてぃうてぃうてぃうてぃうてぃ
うてぃうてぃうてぃ
うてぃ

べー
べーべー
べーべーべー
べべべ

う。
うなー
うななー
うなー　あーぁー　あああ
あーあー
もももももも　　　　べべべべべ
あまりにかすかなので。
いんがらら　いいんがららら　　　ヴェー
いんがりりり　いいんがりりり　　ヴェヴェー
いんがらら　ら　いいんがらららら　ヴェースヴェースヴェース
い。が。ら。　い、が、ら、　　　ヴェヴェヴェー
いいいいいいいいいいいいい　　　ヴェヴェヴェヴェヴェヴェ
ヴェース　いんがららら　ヴェース　いんがりりり
触れてください、花膚。
ヴュスヴュスヴュス
ヴュスヴュスヴュス
ヴュス

あいんつっち
そけきそけきそけきそけき
ふっ

あいんつっち、ふっ
ふっ

う、
た、
ぴ。

よいよいやい
よいよいやい
あんてんぐあんてんぐあんてんぐ

あっ、つ！
びびびび

びんにん
ぐぁ…

溶接少女

七

正極と負極を両手に握り締めた少女は
次々に現れては
宙を打って消えていく
少女は溶接するきんききんき、ぎ、ぎ、ぎ自らの呼吸器と膣をが、ががあがあげげげげ窒息し膣充足し失墜しるう、う、う、うあーもあもあーも空想された策略の計画書を焼き捨てえげがらもやもえげがらもやも実体のない教育のねじれの位置にリスカし許可無く違反の海にスカートと中年の会陰を溶接するっじゃがっじぇっじぇがっじゃがっじぇっじぇがっよどみに汁のごとくに泡立ちわだかまれる人生のプルタブを引き抜き情欲をひた隠しに隠したる全世界の陰茎の尿を飲み干すがいがいがいがいがいがいがいがいがいがいがいががいぎあぎあっぎあぎあぎあいぎあそこの！そこの骨格筋も眼帯に交換済みの理想よ鼻汁まみれの不安をお互いの顔面になすりつけあっては舐め取り合うアスファルトよ失速する少年の牙を研ぎ建てながら維管束に擬制するUSBコネクタよ搬送せよあのケータイに絶叫する禿頭の眼球に搬送せよ陸続たる情報を光ケーブル網を持たぬ思念や愕然たる恍惚の狡猾の耳朶ををおたたたたたたたたたたたたたたたたたたたたたったたったあたたたたたたたたったた打てよ充血したる陰阜を優しく二重の情報を同時に解析させるためにうたつあうあううるあっらうあうおあおわおいうあいうえあぬづやえええそれらは生まれてきてても生まれてこなくてても生まれてきてても生まれてこなくてても生まれてきてても生まれてこなくても溶接されてるから同じことの繰り返しで生まれてきてても生まれてこなくてても生まれてきてても生まれてこなくても生まれてきてても生まれてこなくてても生まれてきてても人間の善意・サービス・自意識を挽きつぶすことにおもしろみをおぼえたならばゲームのように善意・サービス・自意識をひきずり出すことがこらえきれぬ楽しみでたとえどんなになぶられていることが理解できていても善意・サービス・自意識出すことが職務上の義務になっていればしぶしぶではあっても善意・サービス・自意識差しだすわけでその葛藤や絞り出す苦渋のうめきを見るとそれ出せやれ出せどんな残酷な手段ひねり出してでもかつは甘えかつは痛くもなく頭も下げかつは誠意を示したりなどする発狂の崖っぷちで抵抗しつつむなしく絶叫の断崖に転げ落ちていくのを見るとこちらも脳細胞焼け焦げるかと思うほどの、はっ、絶頂の電圧走り俺まで狂っちまうかと天然に遺漏するが二時間も眠れば夢ごと飽きて飽き果てまた次の餌食をさがす人間をくいしめ、人間の園に祈りもせずくいしめ。人間をくいしめ、人間の肉にまみれくいしめ。くいしめついでに溶接せよ。

扼殺される人間を刑器に溶接せよ。

吊られたる海を一握の鉄に溶接せよ。

なにもかもすべてをまだなにでもありはしないものに溶接せよ。

火花が散る火花が散る、溶接された世界から火花が散る。

戦場の歪んだ認知の世界に愛情だと思っているものが砂鉄かもしれないなら百人でも千人でも妬んだり寂しく思う腐った掌で出して欲しく撫でさすり叩きつけながら待っている。

死者のために真実を溶接せよ！

そのとき初めて少女は君に問うだろう真実を何と溶接すればいいの？

プラスとマイナスの電極をおのおのの手に握りしめて、茫然と屹立する人類の絶滅以後の白蕭条たる世界
すべてが報せである。

鏡の中の乳首にみずからの舌を溶接せよ。

タイルに浮かぶ浸出液のうたかた。

しゃがみ込んで大陰唇を排水口に溶接せよ。

唇を液晶に溶接せよ。グロスを虹色に点滅させるために。

眼球をピアッシングしたうえでムギ球を溶接せよ。

南無少女遍照LED。

なぜ明滅は懐かしいのだろう？

胎盤と臍帯を溶断せよ口が耳まで裂けている肉が風呂場の床から壁面までぴったりと溶接せよ。孵化寸前の有精卵の殼を誤って開口したごとく盲目の雛鳥の眼球は発達不全で溶接せよ腋窩状に落ちくぼみ周囲の肉襞は西夏文字か造字症の患者の達筆のごとき慕わしいが見慣れぬ似て非なる記号になっておりおたおた

おたおたおたぁ溶接せよ疾風吹きすさぶ中「これが私だ」という感情が浮かび、助け起こそうとするが、ぬるついて難しい（夢の中特有のはかが行かないもどかしさ）。肉を壁面からはがされるのが痛いらしく、ぴーともげーともつかない声で泣く溶接せよ掻爬せよ我と我が身とむずがる国家の福島第一第二原子力発電所地下ミサイル格納庫と長崎県沖海底に沈む戦艦大和を溶接せよ射程距離四十キロメートルの歴史とついこの間を溶接せよ至らぬところばかりございましてとやにさがる保養施設と自由自由自由自由を真に求める専業主婦の肺臓に染みわたるミスト化した天ぷら油と県政一新の気概を溶接せよ一切平等分別心無き大円鏡智の菩提心に至るまで列島を溶接せよ。

踏まれるべき都市と
抵抗する都市とがあり
その区別をどこで付けるべきか
少女の存在は他の少女のうわさ話の中での
あの子ってみんなと違うとこあるかないかという
二元論的差異の中にしか存在しないのであるから
それが意味わかんないかどうかよりも
打ったメールに何秒で返信が来るかのレスポンス・タイムが友情の度合いで
その座標平面上の度数分布から明日の自分の行動が割り出される
四十人コンクリート直方体の中に封じ込めておいても
個々の心理的な葛藤は結局

四十人の人間関係の記号論的な差異の中に解消されるのであって津軽海峡の
海洋深層水がなだれ込んでも
それぞれが差異の表現形態として着崩す制服の
襞や襞でないものを揺らめかせながら
水の中に浮いたり沈んだりして
ちょっとひどくないこれまぢさいあく〜
死ねばいぃのに（はぁと）
まぢむかつく。まぢむかつくんだけど。
水の中から見る窓の外の校庭ってちょっときれいだったな
とか思いながら幽霊になり学校の地縛霊になるだろう
それがいやだから私は溶接を習ったんだ
少女は常に別のものになりたい
あるいはなりたくない
矛盾そのものになりたい
あるいはなりたいものを自分で考えたりなどしたくない
透徹した世界を考えている
あるいは自分にとって透徹している範囲が世界であると思う
悩むのではなく反応したい（溶接したい）

神が人間の信仰の対象であるのと同様に
人間が神の信仰の対象でもある
神話の母神のように産めるなら
化学のように冷静な反応で風や火の神を産みたい
妊娠する化学反応を実験したい
(常に子宮は実験再現性を求める)
少女は欲望を欲望する
(それについても理解している)
少女が理解していない世界はない
だが少女はこの世界から出て行かなければならない
(それについても十分理解している)
すべての神話がここで成就すればいい
それを誰が禁じているのだろう?

きんのうおはむわらべしいつくし
あおきまなざしおとめしうるはし
なみださしぐみいだきしわらはべ
わらべらわらへるひかりしまぶし

君の髪が水のように垂れて流れていくので冷たい
または君が揣摩する皮膚
日だまりの羊歯を濡らして雨が駆けていく
波紋には一歩遅れて世界が揺れる
君は空にかかる大きな銀の虹の話をする
銀の虹はまだ空にかかっている
もう空に銀の虹を見る人は、いない
遠い遠い昔の話
ふとすべてが水の中のように浮かび漂い入り交じる
君も君の目も高い水面に揺れる陽を仰ぐ
（光を注がれた君の瞳の忘我）
小魚の群れがついいと寄りついいと離れる
すべてがこうしてまたかけがえ無く繰り返される
とたんに果実がしぼられるように涙がこぼれる
教室を最適化する朧の奈落
漢文訓読法ではなくわたしたちが落ちている深度を教えてください

溶けたチョコレートのむずがるかゆみ
醜い甘さが自分の醜いぐずな器官をいじるのと同じように
燃えるようにいたぶってしまう
かゆい！
かゆさにご用心！
これはどうしようもないよ！
だって教室の空気を通じて皮膚と皮膚が触れあっているのだから！
生木が燃えるようにいま衝動が制服を裂いてとびでようとしている！
わたしは制服も脱いでいるしわたしの皮膚も脱いでいるのに！
わたしの脳波に触れることはやめてください！
励起するわたしの内圧が落雷のように空間を短絡させる！
迂回路のない暴力が非伝導体を無理に狂奔するすばやく這う！
火ガ散ル！　火ガ散ル！　火ガ散ル！
肉ノ焦ゲル匂イヤスバヤク腐ル匂イ！
轢死体ノヨウニワタシト世界トガ砕ケ散リ混ザリ合ウ！
千ノ肉片ニナッタワタシハ千ノ意志ニナッテ血シブキヲアゲテ回転シナガラ決意スル！
タトエ血シブキノ飛沫一滴ニナッテモ、千ノ断片ガ千ノ叫ビ声ヲアゲル！
ワタシト世界ヲ分ケ隔テルモノヲ破瓜シ尽シテ！

精神も身体も2ビットに情報化されて
あますところ無く情報化されて
遠い水面に情報の海潮音がさんざめくのがかすかに聞こえる
流れのない、深くて暗い海の底に沈んでいく
まだ沈んでいく
何も考えられない
何も感じない
もうリスカも過食もできない
えづくことさえできない
戻れるものなら戻りたいが戻ってもまた同じことだ
どこへ行けばいいんだろう?
ほんとうはわたし何がしたかったんだろう?

遠く稜線に磔刑に付されるためにつれられていく鳥と
磔刑するためにつれだっていくたくさんの鳥がいる
絶叫する少女の姿が見える遠すぎて声は聞こえないが
乾いた空気の向こうにこぼれる涙と咽喉の濡れた粘膜が見える

わたしは浴槽の中に磔になったまま
絶叫する少女と同じ声を出してみよう
人が神に祈るのと同時に
神は人に祈っている
わたしは胎盤にはりつきまどろんだまま

この詩は発症した病人のようなものだから、
わたしはただ寄り添っていてあげることしかできない。
手を取り、悶える足を取り押さえ、
血を吐きながら絶叫する悪罵の声をただ聞いていてあげることしかできない。
ときおり熱に浮かされて、
「死ににいきます死ににいきます」と
病室を出て行くのならば戸惑いながらもついて行くしかない。
ふと、詩は忘れていたことを思い出そうとしている人のようにたちどまる。
そんなときわたしは残酷ないらだたしさをおぼえ、
死なせてあげた方が実は慈悲なのではないかとさえ思う。
他に方法がないと論理は性急に冷徹な結論をはじき出す。
ほんとうに他に方法はないんだろうか？

わたしはこの詩に何をしてあげることができるんだろうか？

と、たんっ、ら、ぎいぎいぎいぎい
なぜなら、食べているものが透明だからだ
どこまでも無理強いしても、透明だからだ
どんなに量を食べてみても無駄だ、透明だから
味がしないものを食べているんだ、自分も透明だから
透明な世界で、透明なものばかり食べているんだ
だから血が出るとようやく安心するんだ
ようやく色のあるものを見つけられたから
それでもすぐ血は止めなければならなくて怯えるんだ
自分の痛みより傷を見咎められることのほうが恐ろしいんだ
車ン中でリスカすんなって
理由無く内臓を拉致されて覚醒する母胎からは大脳を載せ替えてハードディスクにつなぐか子宮に直接つなぐかしちゃえばいいんじゃない潰瘍産めばいいんじゃない潰瘍認知してくれるの潰瘍それはまた別の話じゃない潰瘍話が違うじゃない潰瘍なにが。いっつもそうじゃない潰瘍逃げて逃げて逃げて逃げているじゃない潰瘍一度も責任を取ったことがないじゃない潰瘍ヒトヲナヤマセテヒトヲナグリツケテヒトヲハラマセテ亦ヒトヲオロサセテオマエハイチドモソノトキイキヨウトハシテナイジャナイ潰瘍ヒトノツラヲシ

タ潰瘍ジャナイ潰瘍ヒトニマチニジダイニハリツイテ生キル潰瘍ジャナイ潰瘍立ッテミロ這ッテミロ金ヲカセグタメニドレダケヒトノ膚ニ魂ヲスリオロサナケレバナラナイカカンガエテミロコノ潰瘍潰瘍。

潰瘍潰
瘍潰瘍
潰瘍　　　　　　　潰瘍潰瘍潰瘍潰瘍潰瘍潰瘍潰瘍潰瘍潰瘍　　　　潰瘍潰瘍潰瘍潰瘍潰瘍潰瘍潰瘍潰瘍
潰瘍潰瘍潰瘍　　　　　　潰瘍潰瘍潰瘍潰瘍潰瘍潰瘍潰瘍　　潰瘍潰瘍潰瘍潰瘍　　潰瘍潰瘍潰瘍潰瘍潰
瘍潰瘍潰瘍潰瘍潰瘍潰瘍潰瘍潰瘍潰瘍潰瘍　　　潰瘍潰瘍潰瘍潰瘍潰瘍潰瘍潰瘍潰瘍潰瘍潰瘍潰瘍潰瘍潰瘍潰
瘍潰瘍潰瘍潰　　　瘍潰瘍　　　　　潰瘍潰瘍　　　　　潰　潰　潰　潰　潰　潰瘍潰瘍潰瘍潰瘍潰瘍潰
瘍潰瘍潰瘍　瘍　瘍　瘍　瘍　瘍！瘍！瘍！瘍！瘍！瘍！瘍！瘍！瘍！瘍！瘍！潰瘍潰瘍潰瘍潰瘍　潰瘍
潰瘍　潰瘍　潰瘍　　　　　　　　　潰瘍潰瘍潰瘍潰瘍潰瘍潰瘍潰瘍潰瘍潰瘍潰瘍潰瘍潰瘍潰瘍潰瘍潰瘍
潰瘍潰瘍潰瘍潰瘍潰瘍　　　　　　　潰瘍潰瘍あた、あ、ぁ、あー、あ、たがたががたがぃあかおぃの
いえああのっはしうんけなじでゅいあんじゃんかんすぅあないすひゃんがくでかかねふぁんづふぁんさん
ちゃすくすくなそれたちはよくなめだっていうじゃないですかななめななめ最適化された潰瘍のそばに
隠れてこっそりお互いを溶接してしまおう。

制服の下の銀の檻の中で
孵化に挫折した筋肉は裂かれ

あるいは射精衝動的に四散し
教室中に撒き散らされようとする
しかしかろうじて継ぎを当てる
自傷的に溶接されるために
少女は移動教室だって難なくこなせる
ほんとうは廃駅の浴槽の中に子宮内膜症の胎盤を見つけて絶叫したい
会食恐怖症のOLを深夜呼び出し欺いて線路の上に溶接したい
しかしそれらは口に出せば禁圧される夢を溶接せよ
溶接せよ自らの身体を
鏨でけがきリベットを打ち込め
金属に縋りついて堪えよ
瞬間の達成のため
速度こそが掟だ加速せよ

光の戦争

八

ガラスとガラスとが触れ合いきしむ音
(Ga ラスト Ga ラスト Ga ラストガ Ra ストガ Ra…)
透明な結晶体の中で光は乱反射しやわらかに踊っている
(…鳥? 羽根のように揺れているもの?)
さあこの空の広いことは、
無色のあるか・ないかの選択が無限に対消滅しているのだ。
句読点のない青空
呼吸符の穿たれない詠唱
無限を砕きにいかなくては。
ヒカリガフアンニスル、ヒカリガフアンニスル、ヨ…〉

☆と微笑とに委ねられて
(Da ねられて Da ねられて Da ねられて)
すべてがひとつになっていてはいけない、いけない。
あなたに何か禁じられているものがあるわけではないんです。
しかしその痛みを音声に変換してみてはくれませんか？
言祝ぐ、失われる、兵は水につくる、
戦争が始まります、光と光との争いが…
空を見て！
光線を受けて光の兵士たちが七色に輝きながら落下する！
夕焼け空のあちらでもこちらでも！
光と光が明滅し合いながら輝きを増していく！
残酷な空、光がはじけ飛ぶたびに私たちは震える！
ヒカリガフアンニスル、ヒカリガフアンニスル、ヨ…)
己がじし輝き出すわたしたち
光の痛み
ひかりあうことが禁じられているわけではないんです
もどっておいで、ねぶり尽くしてあげよう。
食べることと睦び合うこととはどちらも生命の受け渡しであるから一つである

光に呼応して他の光も響きあう増幅する
生命の光の無限の受け渡しにおける対消滅…
光の兵士たちは墜落するやいなや再び光に輪廻して戦場に赴いていく
透明な結晶と結晶とがぶつかり合う
現在とは過去と未来とがせめぎ合うその衝撃音のようなもの？
光の兵士たちの無垢の意志こそが生命の輝き？
光の衝撃波と光の衝撃波と光の衝撃波が光り輝く衝撃波をまた光らせて⁉
この光景の証明は不可能だ
神々の韻律の真珠母の戦場である
孔雀羽根を空間に螺鈿する鎮魂である
劈開の濡れた光沢に聖母する未明である
（DR、DR、DR、DR、DR…、…。）
光る！
光り輝きなさい！
光の戦争に参戦せよ！
ヒカリガ、ヒカリガフアンニスル、ヨ…）

呼喚

九

ＴＴＴＴＴＴＴＴＴＴＴＴＴＴＴＴＴ
ククックＫＫＫかか近。近。菌！
ボクヲ不安（FUN）ニスル光（GUァN）ラポ。
ぬ歩（笑）
ちちちちちちち朝！(愛面下…)
人（b0n）！
Gin! DingDong DingDong DingDong DingDong DingDong
ボクヲ不安（FUN）ニスル光（GUァN）ラぁポ。
(B人N)b(b人n)！(CωM)／(＊ωコメ)ゞ
御中月経中っ m 夢宙めっ牝宮南門 ojb
か近。近。菌…。
おっはー。
おっはー hsy。
ありったけの朝（おっはー）

軟禁するため換金する
連続する殺傷音。

前周囲監視されているか評価されている。

視線殺傷断罪音、視線殺傷断罪音…

か近。近。菌！

HER…HER…HER…HER…

拘禁音。

監禁音、監禁音、監禁音、監禁音！

Kangkingong! Kangkingong! のる Kangkingong! Kangkingong! Kangkingong!

Kyuing!Kin!Kin! 吸引起因緊！　泣菌！
144.133.31.313 御霊
Kangkingong! お、おかあさ！か Kangkingong! Kangkingong! Kangkingong! Kangkingong!

Kyuing!Kin!Kin! Kyuing!Kin!Kin!

ゆぐ味わってね。ゆぐ。

Sosososososososososososo。

すこすこすこすこすこ！

断罪音、断罪音、断罪音…

Kangkingong! Kangkingong! 出勤 Kangkingong! Kangkingong!
たぶさのはららもすけだじゃい。
Kyuing!Kin!Kin! No!Kyuing!Kin!Kin! のぅ!
全世界があなたの欠損に
Kangkingong! Kangkingong! 手をば添うる (Soul…) Kangkingong! Kangkingong!
Kyuing!Kin!Kin! Kyuing!Kin!Kin! 至らざるものは幸い成り
み恵みの廻り囲みてわななき祈りたれば
Kangkingong! Kangkingong! 光は黙 (もだ) したもぅ Kangkingong! Kangkingong!
されどたわわの汗と共に祈れり
黙したもぅ (もうたる、いんもうたる)。
Kyuing!Kin!Kin! さやと響くはそのわななく身じろぎに Kyuing!Kin!Kin!
さやさやさやさやさやさやさやさやさやさやさやさやさやさやさやさやさやさやさや
Kangkingong! Kangkingong! 無数の羽根の散る音なり Kangkingong! Kangkingong!
Kyuing!Kin!Kin! 光は黙したもぅ Kyuing!Kin!Kin!
Come inside me! おらのながさぬぐまりにへぇってくぇばぇじゃ。) ゞ ゝ
KangkingAchlong! Kangkingong! Kangkingong! Kangkingong!
Aaaleggggggggh! かの光は沈黙せり
Kyuing!Kin!Kin! Kyuing!Kin!Kin! かく諸人の伏して祈れど沈黙せり

Kangkingong! 朧朧朧シカトかよ……）　Kangkingong! Kangkingong! Kangkingong!

Kyuing!Kin!Kin! 雷雷雷！ Kyuing!Kin!Kin!

神は寸毫もとどかぬ高みにおはしませばいかにかくかいなを引き延ばせどe触れ得zaruなり
Kangkingong! 祈るとはKang鏡に爪立てておのが眦にkingong!

Kangkingong! 触るるに Kangkingong!

似たこと…

Kyuing!Kin!Kin! Kyuing!Kin!Kin!

Kyuing!Kin!Kin! Kyuing!Kin!Kin!

あぁぁあぁお母さん！

ぼくは論料（データ）に！

Kyuing!Kin!Kin! Kyuing!Kin!Kin!

Kyuing!Kin!Kin! Kyuing!Kin!Kin!

Kyuing!Kin!Kin! Kyuing!Kin!Kin!

ぼくは論料（データ）になりたい！

Kyuing!Kin!Kin! Kyuing!Kin!Kin!

KyuingKinKin KyuingKinKin
KyuingKinKin KyuingKinKin
KyuingKinKin KyuingKinKin

お、おかーさん、母
お、おかーさ、母
お、おかーさ、血
殺傷音殺傷音、殺傷音
都市は空に向けた牙だ
（Dω〆）（み恵み）
媽媽、我在渴望的深处。
Come inside me!
Come inside me!
（神韻　済度　身@ω〆）ゞ

KyuingKinKin KyuingKinKinKin
KyuingKinKin KyuingKinKinKin
KyuingKin
　KyuingKin
　　KyuingKin
　　　KyuingKin
　　　　Kin
　　　Kin…
　　Kyuing
　Kin
K…

ま　蒔かれた（間引かれた）種は
　datedatedatedatedate
　　だって　　date
　　da　柔らかく世界に　ふ
ふるるるるるる…　dadadadadadada
　いかに　柔らかく　世界に
ddada
　　触れ（　　）し、
していくか　te
　　していく（の）か…
　だって。

ああああああああ「「「「「「あ」」「「ぁ「「ぁ「あ「あ」ぁ」」」」「あ」」」」あぁ

アザムカレテタマルモノカッ
お母さん、ぼく立派なdateになれただろうか？

裂かれるものあるが故に悟れり
そはそとそばへに降りたまふ

子らの涙の光の中に？
いくさ場の民の叫びの中に？
否、そはそとそばへに降りたまふ

………●●●●●●●●●●●●あ●●

我在呼喚！　呼喚！

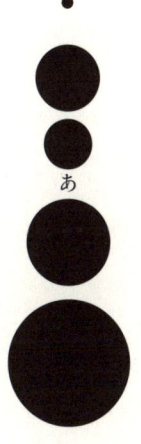

Q

十

あじさいのしたでしくしくないていても
おかあさんたちはむりやりたきびだよ
たんぽぽのねをむしっていても
それはおねむのおとうさんよ
おかあさんよ
おとうさんよ
かちくよ

巨大な雲がのろい生き物のよう。
息づく血のように鮮やかさを増していく青。

心が狂っているから空が麗しいんです？
大人が歌っているから子供が死ぬんです？
海が寄せてくるからにげてう、逃げてう！
部分的な女。
落書きのような闇。
んぁんぁんぁ。
んぁ。んぁんぁ。

い
こらき
こらき
こらき

い
こらき
こらき
こらき

quvuuling
quvuuling
quvuFuling
魂の仕事がやってくる。
それは雪の夜の白樺の皮。
夜空の星々は、嵐は、わたしたちを突然に目にとめ、
すぐさままた流れ出す。
quvuuling
一瞬の☆の凝視。
それが魂の仕事。
それでも生きるでしょう。
漲る結晶が帯電する。
くあるん、かもるぬ。
水路の眼帯に漏電する。
輪廻する遅刻。
屈辱の行書体には圏界面の真珠母の肌。
枯れた花びらの上に花びらを重ねるとおたがい。

Wo ist ihrer Seele?

虹の闇を抱えて、
金属、金属、手放さない肌。
したたる蜜のような光

ぢりぢりん、ちっぱ。
ぢりぢりん、ちっぱ。
満点に沸騰する彩雲だ。
ひゅっ…ど憑物ぁ抜けでぐじゃ。
まるんて白菊のようんたごど…
闇は指を焼く、女の火戸のように
いじぎじ、いじぎじぎ。
あああお母さん。
からだがほしいよう。
からだがほしいよう！
か！
わたしは監視されていてどこにも逃げ場がない。
くわるんくわらん。
くわるんるうらん。

ぼく、もういのちをなくしちゃった（；ω〆）！

偽華　十一

現代日本の幻想の戦争ゅゅゅゅゆゆゆゆゆゆゆゅゆゆゆゆゆゅゅゆ
ゆゆゆゆゆゆゆゆゅゅ死者は透きとおったしずくゆゆゆゆゆゆゆゅ
ゅゅ
ゅゅゅゅゆゅゆゆゆゅ夢の中の絹のような光りかたゆゅゆゆゆゅゆ
ゆゆゆゆゆゆ金縛りにあった風にもたれゅゆゆゆゆゆゅ金属殻に包
まれたゆゅゆゆゅゆゅゅゅ
ゅゅゅゅゆゅわれわれは少女に頼らない戦闘を継続できないゆゆゆ
ゅゆゅゆゆゆゆゆゆゆゅゆゆゆゆゆゆゆゅゆゅゆゅついては少女と
機械が戦闘を続行ゆゆゆゅゆゅゅゅゅ
ゅゅゅゅゆゆゆゆゆゆゆゅゆゆゆゆゆゅゆゆゆゆゆゅゆゆゆゆゆゅ

ゆゆゆゆゆゆゆゆゆゆゆゆゆゆゆゆゆゆゆゆゆゆゆ
ゆゆゆゆゆゆゆゆゆゆゆゆゆゆゆゆゆゆゆゆゆゆ
ゆゆゆゆゆゆゆゆゆゆゆゆゆゆゆゆゆゆゆゆゆ
ゆゆゆゆゆゆゆゆゆゆゆゆゆゆゆゆゆゆゆゆ
ゆゆゆゆゆゆゆゆゆゆゆゆゆゆゆゆゆゆゆ
ゆ　ゆゆゆゆゆゆゆゆゆゆゆゆゆゆゆゆゆ
ゆゆゆ　ゆゆゆゆゆゆゆゆゆゆゆゆゆゆ
ゆゆゆゅん　ゆゆゆゆゆゆゆゆゆゆゆゆ
ゆゆゅんゆんゆ　ゆんゆゆゅゆゆゆゆゆ
んゅんゆんゆ　ゅゆゅゅゅゅゅゆゆ
ゆ乳房ゆん　ゆんゆゆゅゅゅゆゆん
ゆ乳房ゅん　歓迎歓迎、恥辱の歴史にようこそ。
未来にわたるまで鬼の子として歴史に問いつめられるのさ。
それはそうさ、だからおれたちは東洋鬼、
それがためにこの華は総身に棘まではやしたのだ。
それができなければ民族を洗い改めようとするのさ。
しかしこの華の葉をみんなむしり取ったのは、
おれたちの父祖ではなかったかい？
人の思想を洗い改めようとはするし、
この華はきれい好きだからね。
それは摘出した精巣や子宮だよ。
この華の根は奇妙な形をしているね。
この華の蜜は人の血をしぼっているのだそうだ。
この華の花びらは人の皮でできているそうだ。
けれどだから歓迎しようじゃないか。

ゆんゅゆんゅゆんゅゆゅゆゅゆゅ　この東洋鬼の住む穢土にまで、
ゆゅゆゅゆゅん　かの華は咲き乱れに降りてきてくれたのさ。
ゆゅゆゅゆゅ　歓迎歓迎、恥辱の歴史にようこそ。
ゅゆゅゆゅゆゅん
ゆんゅゆんゅゆんゅゆゅゆゅゆゅ　偽の華よ、偽の華よ。
ゆゅゆゅゆゅん　あの青空に敵うわけがない。
乳房から吹く風に　あの青い空に。

ゅゅゅゆゅゆゆゆゆゆゆゅゆゆゆゆゅゆゆゆゆ
ゆ唇と唇が触れ合うまでゅゆゅゆゅゅゅ
ゅゅゅゅ金属殻に包まれた兵隊が落下してゆゅゆゅゆゆゅまず
体温が伝わるまず共鳴が起きるゆゆゆゆゆゆゆゆゆゆゆゆゆゆ
ゆゆゆゅゆゆゅゅゅゅゅ
ゅゅゅゅゅ機械は悲鳴をあげたゆゅゆゅゆゆゆゆゆゆゅゆゆゅゆ
ゆゆゆゆゆゅゅ金属はねじれ蒸発するゆゅゅゆ大きくなるよ
脳はがまんして大きくなるよゆゆゆゅゆゅゅゅゅ
ゅゅゅゆゅゆゅゆゆまたさみしくなるけれども大きくなるよ
がまんして脳は大きくなるよゆゅゆゅゆゆゆゆゅゆゆゅゆゆゆ

舞いあげた羽根の群れのような光ゅゅゅゅゆゅゆゆゆゆゆゆゆゆゆ
ゆゆゅ降る花びらのようなしずくゆゆゆゅゆ生は生から発し、死は
死から生じる。生は死を浄化し、死は生を浄化する。生は生のため
に保たれ、死は死のために保たれる。すなわち生は死をして死の欲
せざるものをなさしめるも、死は生をして生の欲せざるものをなす
あたわず。死はその狡猾さにもかかわらず、
生に奉仕するなり。ゆゆゅゆゆゆゆゅゅゅゆゅゆゆゅゅゅゅ
ゅゅゅゅゆゆゆゅゅゅゆゆゆゆゆゅゆゆゆゆゆゅゆゆゆゆ
塊になった音が一斉に振り向くゆゆゆゆゅゆゅゅゅゅ
ゅゅゅゅゅゅゅゅ悪夢の中で悪夢だと気づいても目覚めない悪夢の
中で悪夢だと気づいても目覚めないゆゆゆゆゆゆゆゅゅゆゆゆゆゆ
ゆゅゆゆゆゆゆゆゆゆゅゆゆゆゅゅゅゅ
ゅゅゅゅゆゆゆゅゆゆゆゅゆゆゆゆゆゅゆゆゆゆゆゆゆゆゆゅ鳴り
止まない人形が機能停止するまで砕撃を継続したゆゆゆゆゅゆゆ
ゆゅゅゅゅ
ゅゅゅゅゆゆゆゆゆゆゆゅゆゆゆゆゆゆゅゆゅゆゆゅゆゆゆゅゆゅ
ゆゅゆゆゅゆゅゅゅゅゅ金属の弾丸はなんの卵なのか？
ゅゅゅゅゆゅゆゆゆゅゆゅゆゆゆゆゆゆゅゆゆゅゆゆゆゆゆゆゆゆ

ゆゆゆゆゆゆゆゅゅゅゅ金属の卵はなにを生む弾丸なのか？
ゅゅゅゅゆゅゆゆゆゅゆゅゅゅゆゅゆゆゅゅゆゆゆゆゆゆゆゆゆゆ
ゆゆゆゆゅゅゅゅゅゅゅ現代日本の幻想の戦争
ゅゅゅゅゆゆゆゆゆゆゆゅゆゅゅゆゆゆゆゆゅゆゅゅゆゆゆゆゅゆ
ゅゅゆゆゆゅゆゅ現代日本の戦争の幻想

われわれはおまえたちが犯罪に値するようなバカさで怠ってきたことを埋め合わせようとしているだけなのだ。

いかなる苦しみが生ずるのであろうとも、すべて識別作用に縁って起こるのである。

識別作用が止滅されるのであれば、苦しみが生ずるということは有り得ない。

民族主義的世界観は自然の内的欲求に応ずるのである。それはたえずより優れた高い相手側を育てるにちがいない力の自由な競争を復興させ、ついには最も優秀な人類がこの地上を獲得し、地球上、地球外の諸領域で自由に活躍する道が開かれるからである。

内面的にも、外面的にも、感覚的感受を喜ばない人、このように良く気をつけて行なっている人、の識別作用は止滅するのである。

国家は目的でなく、手段である。国家は、もちろん、より高い人類文化を形成するための前提ではあるがその原因ではない。

かくのごとく心が統一され、清浄で、きよらかで、よごれなく、汚れなく、柔らかで、巧みで、確立し不動となったときに、過去の生涯を想い起こす知に心を向けた。

たとえば、今日、地球の表面が何か構造上の異変によって不穏になり、洋々たる大洋の中から新しいヒマラヤのような山々が生じてくるならば、ただ一回の人類の恐ろしい破局で文化は滅びるだろう。

かくしてわれは種々の過去の生涯を想い起こした。

太古の大動物が他の動物に屈服し、完全に滅び去ったと同じように、人間もまた、人間の自己保存に必要な武器を発明する特定の知的能力を欠くならばそれだけで屈服するにちがいない。

すなわち、「一つの生涯、二つの生涯、三つの生涯、四つの生涯、五つの生涯、十の生涯、二十の生涯、三十の生涯、四十の生涯、五十の生涯、百の生涯、千の生涯、百千の生涯を、幾多の宇宙破壊期、幾多の宇宙成立期、幾多の宇宙成立破壊期を。

われわれはおまえたちが犯罪に値するようなバカさで怠ってきたことを埋め合わせようとしているだけなのだ。

われはそこにおいて、これこれの名であり、これこれの姓であり、これこれの種姓であり、これこれの食をとり、これこれの苦楽を感受し、これこれの死に方をした。そこで死んでから、かしこに生まれた」と。

悪意はないが無批判で無関心な、あるいは現状の維持にだけ興味を持っている無数の大群が、われわれに対立している。

かくのごとく、われはその一々の相及び詳細の状況とともに
幾多の過去の生涯を想い起こした。
これが夜の初更において達せられた第一の明知である。

今日多くのものには困難に思えるかもしれないものが、実際には、われわれの勝利の前提なのである。まさしくわれわれの課題の偉大さや困難さの中にこそ、闘争のために最良の闘士だけが見出される確率が多いのだ。そして、このような選抜の中にこそ成功に対する保証があるのだ。

ここに無明が滅びて明知が生じたのである。
闇黒は消滅して、光明が生じた。
それがつとめはげみ努力精励しつつある者に現れるがごとくに。

国家はこの教育活動によって、国家の実際的活動を純粋に精神的に補うようにしなければならない。国家はこの意味で、理解や無理解、賛成や不賛成を顧慮せずに、行動しなければならない。

물결 波の中で 무한 無限に 포옹 抱擁する 쌍둥 双童

有明月の 세모 聖母

この遠浅の물결渚はまるで波影だけが
아지랑이陽炎のように揺らめいている
人の目に映ずる행복幸福の最大のもの
それはこの海岸の광경光景の無邪気さ
この물결渚のなんという静けさ

もちろんこのことは、今日のあわれむべきおおぜいの俗物どもには決して理解できないだろう。かれらはこれを嘲笑するか、ななめに肩をすぼめ、長い逃げ口上でうめき声を出すだろう。「それはそれ自体まことに結構だ。だが実際にできないだろう！」と。なるほどおまえたちにはとてもできない。お前たちの世界はこういうためには適当でないのだ！　お前たちにはただ一つだけ心配がある。つまりお前たち個人の生活だ、そしておまえたちにはただ一つの神がある。つまりおまえたちの金だ！　だが、われわれはおまえたちに用はない。自分たちの個人的生活を、この世の最高の幸福だと考えるためにはあまりに貧しすぎるおおぜいの人々、自分たちの生存を支配している物を金とは考えずに、他の神を信じているおおぜいの人々に向かうのだ。

안녕（安寧）、천사（天使）
안녕（安寧）、안녕（安寧）、천사（天使）

われわれはおまえたちが犯罪に値するようなバカさで怠ってきたことを埋め合わせようとしているだけなのだ。

修行僧らよ。かくしてわたくしは自らを生ずるたちのものでありながら、
生ずることがらのうちに患いを見て、
不生なる無上の安穏・安らぎ（ニルヴァーナ）を求めて、
不生なる無上の安穏・安らぎを得た。

国家は、子供のからだを幼児のころから目的に適うように訓練され、将来の生活に必要な鍛錬をうけるように、その教育活動を組織すべきである。国家はなによりも、部屋の中ばかりにいるような世代が作られないように配慮しなければならない。

みずから、老いるもの・病むもの・死ぬもの・憂うるもの・汚れたものであるのに、

老いるもの・病むもの・死ぬもの・憂うるもの・汚れたもののうちに
患いのあることを知って、

現代はすべての澎湃たる力が欠けているばかりでなく、そのうえ不愉快に思われるので、現代のものは大事業をするためにもはや運命から選ばれないのである。

不老・不病・不死・不憂・不汚なる無上の安穏・安らぎを求めて、
不老・不病・不死・不憂・不汚なる無上の安穏・安らぎを得た。
そうしてわれに知と見とが生じた

――「わが解脱は不動である。これは最後の生存である。もはや再び生存することはない」と。

主よ、われらの闘争を祝福したまえ！

＊1　ゴシック体の部分は『わが闘争（下）』（アドルフ・ヒトラー、角川文庫）より抜粋した。
＊2　明朝体散文部分は『原始仏典』（中村元編、筑摩書房）より抜粋した。

奥羽山脈ブロードバンド　十三

わたくしたちの烽火はとても速いのです。
晴れた日の青空の中に、煙があがっていくのをよく眺めました。
いちめんの礫がよく焼けて熱くなっています。
しかしとても吸う息はしんと冷たいのです。
伸びるようなおがるような煙に、
かなたの吾妻の煙が応えます。
吾妻の煙に、蔵王の煙が応え、
蔵王の煙に、栗駒の煙が応え、
栗駒の煙には早池峰の煙が、
早池峰の煙には岩手山の煙が

八幡平から
お岩木山　八甲田へ
また折り返しては
早池峰へ　　鳥海山から
宮古へ　　月山へ
釜石へ　　飯豊山へ
気仙沼へ　　わたくしどもの磐梯山へ
　　白山へ　　日光へ
またよく沿岸の山は海に漕ぎ出すものの命をつなぐランドスケープにもなりましたから、
沖合いへ沖合いへと煙の意味はナナカマドの実が熟れ落ちて広がっていくように、
この奥羽山脈ブロードバンドを介して広がっていったのです。
わたくしたちは高速のブロードバンドを介して「情報」を共有していたのです。
「のろし」は「宣《の》る火」です。
「大切な言葉を伝える火」という意味です。
晴れた日には二〇〇キロメートル先の烽火が目視できたといいます。
東北全体を約五〇〇キロメートルとすれば、
三つまばたきをするうちに信号がリレーされ終ることになります。

いまではこれらの通信技術があったことさえ忘れられています。
烽火が連携しながら山稜を駆け抜けていくさまを
夢想の鳥瞰図の上に描きながら、

ある場合にはダイダラボッチのような巨人が駆け抜けるのだといい、
ある場合には手長足長のような怪物が
山々を越し渡すのだと言ったのです。
そのときは必ず舞があり歌曲があり、
祈りがありました「おうい、わたくしたちは、
あまりに遠く隔たっていて、
おそらく息の根のあるうちに顔見合わせることはないが、
こうして
はるかはるかにおりながらも、
おまえのことを思いやっている。今年は、
栗のできもよく、肥えた鹿もとれたので、
ほんとならおめだづさもかせでやりたいよんたが、
そうもうまぐいがないはんで、
ここでおめだづさかせだふりのいのりとしぐさばやっがら、
おめだづもくったつもりのつぃもぢでいでけさい」
すると遠く遠くの山から
「まんつうめがったあいあどがんす」
というていねいな礼の文句が送られてくるのです。

これをわたくしたちは実際の人が送るのだとも、
また古くに死んだ父や母や、
その父や母などが、
隠り世にいながら心からの
うれしい思いを伝えてくるのだと考えたりしたのでした。
これが修験道の古いはじまりのかたちです

浮木に頼らずに天の川にたどりついたのです
不死の薬をなめずとも神仙境にたどりつきました
喜びはひとしおですが、なぜだか悲しみの気持ちも襲って
きます。
心を平静に保っていられそうにありません
山の形はといえば、
東西は龍が横たわったようなさまをしており
眺望しつくすということがありません
南北は虎がうずくまっているようなさまです
生きているように見えて感興が去っていくということがありません
カイラス山に並ぶような世界の中心であり、

世界の果てが三六〇度周囲を取り巻いているのが見えます
日が昇ると真っ先に明るくなり
月が沈むのが気のすむまで眺めていられます
神の視点に立たずとも何百平米という視野を手にしています
鏡のように澄み渡った湖には私利私欲というものがありませんから
自然界のすべての色彩が逃げようもなく映し出されています
山や湖がお互いに映し合っているのをみると
たちまちに内臓を爆裂飛散させるような感激が体を震わせます
この涙の理由をいうことができません
眺めたたずむことに飽きることはありませんでしたが
風雪が人をおびやかしだしました
カタツムリの殻に閉じ籠もるようにビバークをつづけ
礼拝をつづけること三週間
願を遂げたものと考えて山を下りました

葉山は端山ともいい
わたくしたちの魂魄は死後
まず近隣の里山に集まり

たくさんの草木や虫獣の魂魄と同体になり
すべてにまるでへだてのない
まどろみのくにへいこう
またふわふわと縁の深い本山の山麓を目指す
強い風の吹く稜線をたどり

集積密集した魂魄の機圧の高まりとともに
天の果て常世の国に帰っていくのです滝のように
流れ落ちる雲海
を照らし夜魂の光は
ゆるゆると天に昇るのです
このため磐梯山を「岩はしごの山」「架け橋の山」と呼ぶのです
遠く稜線に磔刑に付されるためにつれられていく鳥と
磔刑するためにつれだっていくたくさんの鳥がいる
絶叫する鳥

たくさんの草木や虫獣の魂魄と同体になり
すべてにまるでへだてのない
まどろみのくにへいこう

ささささ、ささささ
さささささ、がさささ
おお、わたくし溝の縁のゲジゲジは
池の端のブロックの穴の中で

りっぱな母たくましい母の
産み落としなすったたくさんの葡萄色の卵のうちの
一つから生まれ懸命に生きた
たくさんの兄弟たちは
鳥についばまれ

女子ハヤニエドブの澱んだ水の中の
苔が溶けながら
腋臭のように成長している
わたしはしゃがみ込んでその汚いぬ
めりを棒でつつく
長い髪と短い制服のスカートが
水面のフィルムに揺れて揺れて
世界を串刺しにしている
ね☆ね☆ね☆おかあさん
おかあさんはなんでわたしをうんだ
のおとうさんとはなんかいめのせっ
くすでわたしをにんしんしたのわた
しをにんしんしたときのせっくすは
きもちよかったそれともただ
いぶつかんだけだったのおとうさん
のちんぽがはいったおかあさんのち
つのおくでわたしはそだった
おとうさんのちんぽでなくともよい
のだけれどとにかくちんぽのさきの
ふくろのなかでわたしははぐくまれ
た

その快楽にみあうわたしは娘であっ
たのか？

水面のフィルムに揺れて揺れて
世界を串刺しにしているわたしのす
がたははとてもざんこくなことのよ
うな、かけがえのないもののような
よくわからない

苔の中から体液色のゲジゲジが跳び
出して
あたしはちょっとびびったけれどし
ずかに揺れている

鼠にかじられ
大きく育ったのはわたくしの他数匹ばかり
わたくしは生まれて大きく育ったことが自慢で
たくましい母のように強く育ったことが自慢で
か弱い虫をばりばりと噛みしがんでは
たいそう自慢でいた
長いヒゲをそびやかして

青い空に無数の足を照らせるままにしていたが
ふいと隠れ家が壊れ、
強い鳥灰色の羽根のこわい鳥に捕まって
くちばしに挟み込まれ
バラバラにちぎられて呑みくだされてしまった

おお、わたくし溝の縁のゲジゲジは
たくましい強い母の子だから
鳥に食べられ死のうとかまわない
つまらない悪い死に方だったとは思わない
ただ一つだけ
自分の子が世に残せなかったことだけが心残りだ
たくましい母強い母の命を
土の上に残せなかったことが残念だ
しかしこの鳥が
にくい強いこの鳥がりっぱに肥えて
またりっぱな卵を産んで強い雛を育ててくれれば本望である
わたくしの命がまた他の命の輝きのために

役に立てば本望である
きっとわたくしの母もわたくしの
無駄死にだとは言わないでいてくれるに違いない
と、たくましいりっぱなゲジゲジの神が語った

わたくしたちはあまりに多くのことを忘れてしまいました。
そして忘れられている忘れられていると、
つまらない文句ばかりをいうようになってしまいました。
とおくとおくでわたくしたちの母神が泣いています

わが民、わが民、なんぞわれを見捨てしや。

＊作品中に空海作『性霊集巻二』「沙門勝道補陀洛山に上る碑」を私訳したものを挿入した。

The thousand poems project 宣言

詩を読むこと・書くことでわたしが期待するのは「自由」の感覚である。言葉によるわたしの中の内圧の解放である。現実と虚構を壊乱していく言葉の白熱状態を愛する。無心に浸らせてくれる詩を読む総毛立つようなうれしさ。そのような詩を読み且つ書く機会に巡り会えたときの歓喜。歓喜、歓喜だ。言葉というこの拘束の強い素材を使って、新たな自由を獲得できたときの歓喜にまさるものはない。スポーツや音楽でこの歓喜を味わう人も多いだろう。しかしわたしはこれらの領域に慣れ親しむことは出来なかった。他の人がスポーツに爽快感を、音楽に官能を感じるのと同様のものをわたしは詩にようやく見つけ出すことが出来たのである。詩の一見難解な表記はスポーツや演奏でアクロバティックな技巧が決まったときと同じ快感をわたしにもたらす。そのためにわたしは詩を愛するのである。

この「自由」の感覚をもう一歩推し進めていくために、自分の限界を知りそれを乗り越えるために、次のような発願をたてることにした。

「The thousand poems project」である。

とにかく単純に千編の詩を書きつづっていく。

言葉の厚みそのものが生む力で現状を押し切る。ここで生み出される言葉は、けして鋭利ではなく、洗練されたものではないかもしれないが、無骨で素朴な人間原初の「発語への衝動」を表現するのにはこうした塊による方法がふさわしいと思う。いわば言葉の千本ノックであり、千日回峰行だ。

生まれながらの詩人ではなく、天与の才に恵まれているとも言えないわたしが行いうることは、ただなりふりかまわずじたばたとがむしゃらにキーボードを叩きつづけることだけだろう。これは言葉による「自由」への挑戦だ。

作品を作って行くにあたっての基本的な土台として次に五つの柱をあげる。

一、情報の発生現場への遡行

書くことで何らかの意味は必ず生じてしまう。その情報が何を伝えていくかよりも、その情報が生まれた「兆し」にしばしとどまり、これを観察してみたい。

二、生命の濃厚化

食ってうまい飯のように、飲んでうまい酒のように言葉はつむぎださなければならない。生命の濃い塊が感じられる詩を書く。

三、擬態化しつつ、認識の死角域からの抵抗

抵抗はすでに抵抗を宣言した時点で対象との間に共犯関係を結んでしまう。これが抵抗であるとは意識させないこと。擬態しつつ生き延びること。対象が持つ認識の死角から抵抗を叫ぶこと。

四、夢及び身体との提携

わたしより賢い「夢」による象徴思考および「身体」の協力を仰ぐ。身体は化学物質や光を媒体にして環境と交流している。それらを統御する免疫系や植物神経系の潜在知性の助力を乞う。

五、過去及び未来への鎮魂

既存の宗教は過去の物故者への供養鎮魂を説く。しかし、加えて現代は「未来への鎮魂」を行わなければならない時代である。滅びた未来からの怨嗟の響きが現代を狂わせているからだ。

以上の五つの柱をめやすとして頭の片隅に置きながら詩を書いていく。

詩誌「ウルトラ」9号掲載の「ハワイアン弁財天」をはじまりとし、これ以降に記述する作品にはすべてタイトルに番号をふっていく。

発表媒体はホームページ、

「MINERAL－MUSIC（http：//www.mineral-music.com/)」を拠点とし、他の媒体で発表したものも基本的にホームページ上に転載するものとする。

千編制作することを考えると、定期刊行物よりもホームページによるほうが発表が速やかだからだ。また、作品が散逸していき、制作数が不明瞭になる危険性を予防する意図もある。

何年かかるかわからないし、投げ出したくなるかもしれないが、そんな先のことを考えていても仕方がない。幼稚かもしれないし、無謀かもしれないが、そんな当たり前のことに悩んでいても意味がない。書かにゃあならねえから書いていくのであり、書かずにいられねえから書くのだ。とにかくいま目の前にある詩を追いかけて形にしていく。詩は、もうすでに走り出している。

2006年1月1日

初出＝「ウルトラ」第9号、2006年6月

詩集

夢であいましょう

ジリジリ

空の色が使えなくなって
明日ビニール色にかわるという
めろめろとまぶたにワセリンぬりつける
かなしいふりをするために
心にかなしいふりをするために

どぶ川の色がくやしがって
明日アクリル色になるという
じりじりと苛らだちモダエルふりをする
健康なふりをするために

身体が健康なふりをするために
じりじりとモダエルふりをする
じりじりじりじりと
モダエルフリヲスル

知られぬ言葉

何かわたくしに知られぬ国の
わたくしの知らぬ言葉を
裏側から読み解く
読み続ける

意味のわからぬなりに効果はあって
わたくしはめでたくも
内臓に犬を宿した
その犬が

淡い雲をつらぬいて光る月の
夜はしかしつまるところ
わたくしの腹腔と地つづきだから

出ていってしまった。

或は鉄は。

僕たちはいっぱしのマキャベリスト
に　育て上げられ　しかし
死ねない、死ねない、
と　つぶやき
ながら　労働者のように　マーク
シートをぬりつぶしてゆくできるなら
っキカイになりたいと　ねがいながら、も
夢精する
肉体を持っている

血のかたまりが
空からひとつ落ちる

しかしそれらは忘れ去られ
ることもなかったか
黒いプラスチック　の
恋愛が醜い
ものであるように僕ら
の告白は、醜悪なものだった
(ここに一行の詩を。)

とけた鉄の血は
いま僕の目のなかにいる

海辺の雨

やっと名詞が消化できるようになって
こんな波うちぎわにも雨が降ってきました

おびただしい午後
あわただしい人々
名詞が海にとけていく
いま、雨つぶが眼球に着地したけれど
これは涙のうちにはいるのだろうか
堤防のかげで犬がゲロを吐いている
雨にぬれた犬の目にも、涙がにじんでいる

名詞は雨に流れていく
海辺の暖かい雨に、砂浜は湿疹をつくる
もうひと泳ぎしよう。
もうひと泳ぎできるだろう。

開戦を待ちながら

校庭の木が
風にさわめき
吠え声をあげる
そぶり

こわれた時計が
秒針を進めようとして
できず
あせったようにびく、びく、と
ふるわせている

ぼくは空にとびかう
光の子供たちを見つめていた
何の意味ももたない時代

ぼくは意味を消化しきれず
教室をぬけだしては
保健室にこもっていた
コンクリートのつめたさ

風が黄ばんだカーテンをゆらす
横たわることのだるさ
眠りたくもなく、覚めたくもなく
時が過ぎることだけを待っていた

ラジオの音がもどかしげに言葉を伝えない

石と満月

いくらものいくらもの
土のなか
石は兄弟をおもっていた
なめらかな虚空に
たたずんでいるはずの
満月を

・

闇が
意味が
あるいはまたたき
あるいは蓄積して
我々をつつむから

我々は兄弟だ

・

そのようにして
また石は
ひとりねむった

*

その空の青かったことは

ぼくたちは
赤い岩台の上に座って
赤い砂漠の点の上で
足をくんで肌を灼いて
ふたり
ながいながい話をした。

きみはまっすぐに空をさして
「私はあの火星へ生まれ変わりたい！」

ぼくには見えない星を
ゆびさして泣いた。
きみのなみだの青かったことは。
きみを透いてその日の空が流れでたのだと思った

戦争にいく日

戦争にいく前の日
ぼくは夜の中をふらふら歩いた
街灯が点滅して
ぼくのまっかな影は
ぼくをすたすたとおいぬいていく
この戦争の途中
ぼくはどこかの峠で
おっきなタンクローリーに
プチッとふみつぶされる
この戦争のおわりに

ぼくは
お父さんと
お母さんに
ちんちんをちぎられて
出血多量で死ぬ
ぼくは死にたくないな
死にたくなかったな
ぼくが戦争にいくのはね
ひとを殺す前に自殺するため。
君をこの手にかけて殺したくはない
死んで
おかあさんになれたら
またあおうね。

嘆きの天使

VERSION 1

目が覚めると女が一人すすけた天井の下でつめを切っている。その指の先のこしらえもののようなつめを見ながらぼんやりと、この女は誰だったろうとおもい、それからいま見ていた夢を思い出していた。それはこんな夢だ。ぼくは顔に四つの目玉を持っており、そのそれぞれを不思議な洗濯ばさみでつまむことで魔王になることができる。雪の上を滑空して、以前に埋めた女を掘り起こしに行く。その屍体にかじりつきながら自分の姿を思って恐ろしくなる。そういう変な夢だった。つめを切り終った女はぼくが目を覚ましたことに気づいたのか、なにごとかぼくに語りかけてきた。けれどあまり発音のくせが強くて何を言っているのかわからない。首を横に振って見せるとついてこいというようにぼくに合図し、ぼくの手を取った。切りたてのつめが手のひらを軽く掻くのがここちいい。「ぼくはねえ、夢を見ていたよ」ぼくの言葉が通じるかとか、理解できるかとか、そんなことおかまいなしにぼくは話し始めた。「ぼくは夢を見ていたよ。寝床の近くですき間風が絶えまなく何かの曲になりかけてなろうとしないのをせわしなく、わずらわしく思いながら聞いているんだ。とうとうぼくはこらえられなくなって戸を閉めに起きていく。すると庭の葡萄棚に赤いダイオードが光りながらみのっているんだ。闇の中にそこだけぼうっとゆらぎながら。それは、もちろんわざとらしいものなのだけれど、ぼくは何だか」そこまで話しかけたとき彼女がふりむいてぼくの口を手でふさいだ。問われもしないのに語りだしたことが彼女をいら立たせたのかもしれない。けれどぼくは少しこの道行きが不安で、何か慰めが欲しかったんだ。ぼくらはいつの間にかこの寒村の果て知れぬ畦をとぼとぼ歩き続けていて、ほこりくさい白い道が空ぜんたいにぽっかりと青く照りつけられているのが、どうにもたまらなかったんだ。再び歩きだしたぼくらはようやく村の小学校にたどり着いた。こどもたちのいない校庭に、トンビがゆうゆうと舞い降りてくる。白髪のじいさんが一人、金槌をふるって椅子をなおしている。「こんにちは」じいさんはちょっと顔を上げてぼくを見る。「こどもがいませんね」「もうそんな場合じゃないからね」女はブランコに腰かけて揺れながら空を見ている。雲梯の足にカナブンがぶつかる。忙しげにじいさんは椅子にくぎを打ちつけている。花壇にひまわりがつったってる。ぼくは眼鏡を忘れてきたことを思い出す。じいさんが花壇に水をまくのを眺める。となりに女が来て立ったまま同じように眺めている。その口がパクパクと動くのが「…ムダダ……ムダダ…」と言っているように見えた。彼女がまたぼくの手をひっぱっていく。ぼくはなかばあきらめてひかれるままに校舎の中へ入っていく。冷たいコンクリート。誰もいない教室。ボール紙で作られたたくさんの工作。その中のひとつ、円筒形の体に二枚の羽がホチキスでとめてある。手にとってながめていると、「それももう燃やしてしまうんだ」じいさんがベランダから顔を出した。「これを?」ぼくはばかみたいな返事をしてふりかえった。女はさっきからずっと外を眺めている。「ああ。もう必要がないものだから」ビニール袋にどさどさと工作を詰め込みながらじいさんはおでこの汗をぬぐい、ぼくが工作のひとつを持ったままなのを見ると、黙ったまま右手をこちらによこした。「これはとっておこう」「いや、きまりなんだ」ぼくはちょっと女の顔をうかがったが、その唇はやはり「ムダダ、ムダダ」というようにしか動いていなかった。焼却炉の中で燃えていく工作たちの中に、ぼくは目でさっきのひとつを探したが、見つけることはできなかった。女の目に火が映っていた。煙にむせながらぼくは「ぼくたちは、本当は幸福になりに生まれてきたわけじゃなかったんだ」と、ぼんやりそんなことを考えていた。じいさんが炉の鉄扉を閉めた。その音が、聞くことのできなかった曲だった。

嘆きの天使

VERSION 2

こころみに泣き声をあげてみてこれが夢だったことに気づきほっとする。イキテイタイヨ。イキテイタイヨ。まとわりつく夜を両手で拭いさりながらうめく。イヤダ。イヤダ。イヤダ。おどろいた君が拒絶するようにぼくを見ている。「夢を見ていたんだ。」それでも君の表情はゆるまない。説明する力もなくぼくはうなだれる。涙がでてくるのを待っている。いけない。ヨルニ支配サレテイル。夜に支配されている。ユメモミヌノニ。そう、夢も見ぬのに。そしていつのまにか朝だ。夢がぼくのことを許さないようにぼくだって。ぼくの首すじに指をあててそれが〈最後〉や〈すべて〉をあたえてくれていると思うとぼくは泣きそうだ。ぼくがさしだすことのできるもの。「これも夢なんだろ」手のひらを漂わせて、それが君の答だ。その手首をつかまえて、蝶を採る気分。ユメダッタネエ。「次いってみよう。」空。現実はいつも糞ばかり。うらんでいたよ、うらんでいたよ。戦う気がなかったから。ユメダッタヨ。アスファルトがほこりくさいにおいをたてる道を君のことひきずりだして歩きながら、車のウインカーのともる間隔。吐き気がして手を離し電柱に駆けよる。胃液を吐いてやっと涙がでる。つばが玉を作っておりていく。世界をぶちまけたい。ユメダカラダヨ。しゃがみこんだ襟首に、雨が降ってくる。振り仰いで、君がホースの口を握っている水圧を避けようとして転び、逃げようとして転がり息つぎの声がつぶれ空に開く水沫の花水に映る塵芥の雲漂い流れていく光り見ながら。できあがらない住宅街の赤土の上にうつぶせて出来損ないの泥にぎりしめて放りなげる。はいずって進むうちに水たまりにでくわして水のなかの空の遠さ「見てみろよこれ覗いてみろよ」わざと踏みつけて「……。」君の立つ水たまりが次第に静かになっていきふたたび空を映し出す。脈拍のリズムで揺れる空。小さくせつなくかたちづくられた空。君が空に浮かんでいる。浮かんだって沈んだって空空空だ。はいつくばって水たまりを啜り上げて吐き戻しついでに顔を沈めてまばたきする間にむせあげる。できあがらない町できたての空。カラスがとんでないふりしながらとんでいる。叫び声あげて。走る。こんな場所、こんな時間、さびた鉄串につまずいて油の光る虹色。油膜。産業廃棄物。化学物質のいやらしさ。成仏しきれない汚泥。べっとりと眠りから覚めて、これが夢だったことに気づきほっとする。こころみに泣き声をあげて。叫んでもみる。狂った女がゆがんだ笑いでぼくを見ている。「イキマショウ、シニニイキマショウ」その手を振り払って部屋を飛び出す。小屋からポリタンクを引きずり出し、灯油をぶちまける。ライターで火をつける。みんな燃える。ぼくも燃える。夢も燃える。ぜんぶ最後で終わりで消えていく。煙がひどくてむせる。鼻水もよだれも垂れ流して。枝を束ねて折るような音。世界が身もだえしながら焼かれていく。形のなかに閉じ込められていた真実がその姿を現す。吹き出た汗がメガネを曇らす。ぼくも燃える。もう少しで燃える。空に浮かび上がる。カワノムコウニモエルマチナミヲミツメナガラ、キミノテヲヒイテアルク。カワノミズニヒノコガキラメイテ、キンイロヤギンイロニヒカル。トボトボト、カワゾイノミチヲアルキナガラ、ボクラフタリ、ヤケダサレタユウレイダ。フリムイテキミノカミニヒガモエウツリハジメテイルノニキヅク。ソノヒヲミツメナガラ、ジツハボク、モエロモエロトオモッテイタ。

Empty roadside

どこまでもつづく水銀灯の列を
お父さんの車がおいぬいていく
父さん、ぼくをどこにつれていくの。
道路はどこまでも暗くって
星だけはゆっくりと
お父さんの車についてくる
父さん、さみしいよ。
音のない車の中に
ぼんやりのメーターの夜光
父さん、あの日ぼくの胸の中がカランと鳴ったよ。

父さん、大人になっても
あの日何が壊れたのだかわかりません。

Surviver

わたくしの失われた
三本めの腕がかき抱いているものを
右手は知らぬげに糧秣を握りしめる
左手は右手の掌の汗ばみに配慮する

もっともそれほどうまくいくことはない
左手はいつもどこかツメが甘いものだから

砂時計の腰のくびれは
ほんとうはもっと醜く捻じれていなければならない

醜さにも程遠いほど

緩やかな砂の落下を招きながら
それはやってこなければならない

痛いものだろう

叫びをその身一つ一つに
わたくしたちの念慮できぬ死に方で

一つの空白を利用して進められる
数並べのカード・ゲームを
時間なしに並べられる人たち

生き延びること
わたくしたちの念慮できぬしかたで

醜いものだろうか

透明な炎

時間の果てに咲く炎は
悲しみのために強いのだと
あなたはいつも
祈るようにつぶやく
その瞳には
この夜はどんな色にうつるの

力のないものは力のなさのために
どんな時代にも祈ったのだと
あなたは笑って

涙を指でぬぐう
乾いた爪の先に
あおく燃える挫折

どんなことにも
そんなにもはやく
結論を出さないで
鏡の中をのぞくように
答はもどかしいものだから

休みの国

時間の果てに咲く
石づくりの花を探しにいこう
それはつめたくあたたかく
口にふくんでうたたねしよう
いつしか私に花が根づけば
夜をながめて涙をちぎろう
不思議な星座に花びらを散らし
またうとうととまどろもう
その宝石の根をうけて
夢の子供を身籠ろう

二つの花

花はいくたりも咲いているがそれはかなしいことなので
咲いている咲いていると言えないと弟は泣いて二人になる

部屋をおとずれると父は
おどろいてはたと起きあがり
ぼくを見て安堵する
「マーが二人になったよ」

父とぼくとで右から左から弟をくっつけようと
おしっくらする

いびつな弟ができあがり二つの頭で
交互に目をしばたく

バスの中では交渉をもったことのない女が
かわるがわるぼくの前でじっと泣いている
ぼくには落ち度がないので何も言うことはない
この女がぼくの前で泣いているあいだ
かえってあの女をおもう
あの女がぼくの前で泣きにくると
もうぼくは寝たふりをする

花はなぜ咲きづらく咲きづらく
あるかのように悶えを包みうまれるか
ぼくもいずれは二つの花を
空にもたげ咲いている咲いている

流星の日

夜の電車にのって
にじゅっぴきの仔を産む母犬
粘液の糸をひくように
ホームに隕石が落ちる
橋に隕石が落ちる
道に隕石が落ちる
月に隕石があたる
生まれた仔のにじゅっぴきの合唱
空の流星のふるいふるい雅楽
境内の庭に踊るふるいふるい兄弟

踊る火のついた仔犬
奉納された巨大な机の上で
音頭を取る燃えた村の娘
ふるい列車の窓辺
今日は星の飛ぶ日
ふるえる流星の日

夢であいましょう

毎朝毎晩硫酸の風呂に入らなければならないので小児病棟に入院中の僕は湯舟の排水口のように錆びてグヅグヅになった気持ちをこらえていたが看護婦の塗る軟膏と全身に巻つけられた包帯のために周囲の父や母・弟・あるいはおじいちゃんやおばあちゃんにもそんなことは告げることができず見舞いに来てもらう度に口先だけの笑顔を渡して包帯の中の顔面では別の暗黒の表情を誰にも見せず自分自身でも見ることができずまた毎日届く手紙にはなぜかいつも「この人生はフィクションです・実在とは何の関係もありません」という意味のことが書かれ汗をかくこともできなくなった毛穴のかわりにここだけは軟膏を塗られないちんちんを勃起させてはオナニーに励むのだったが汗のかわりに飛び散る精液や脳の中で合成される快楽物質はまったく今の状況を改善してくれはしなかったのであるいはそのためにかえって瞬間を持続するために幾度も幾度も幾度も僕はマスをかかねばねばねばねばねばならず女子をシャツでかくすことも考え及ばなかったために友人から注意を促され自分の着ていたランニングシャツの裾をひっぱりいま後ろから

やっている最中で老婆のような銀髪をうなじまで肩まで背中まで伸ばしている女子の頭からかぶせてしまったためにこれは女子なのかオバＱなのかわからなくなってしまったなと頰の筋肉のある一部分だけでほくそ笑んでみると視界をとざされた女子は苦しがって四つんばいのまま歩みはじめ僕はひきずられるようにして病室を出なければならなかったためにかろうじて女子の唇の中に人差し指を突っ込んでナースステーションの前を通りどこかで見た顔の女の人の幽霊の脇を抜け広い人のいない待合室をペタペタとすぎ、急患用に夜通し開いている扉を開けて夜の町の中へでて夜の外気はなんでか体液に似て不断に流動させていなければすぐに凝固してしまう血液を倦まず弛まず全身にへめぐらせている心臓は何とも偉大なものでゆめゆめ過大な負担を加えてはならないなどと思いながら周囲の健常人に監視され誹謗され中傷され罵倒される恥をこらえていたものだったがシャツに視界を奪われた少女は見られていることを見ていないものだからとことこと駆け出し通りを抜け国道に出ると坂をのぼりはじめ郊外の住宅街が山ひとつを蟻塚のように人間たちの巣につくりかえてしまったものが泣くようにささやくようにけれども底意地のわるそうに無数のそれぞれの窓辺を光らせているのを何も言えずに眺めていたがそんな気持ちなどかまうはずもなしに少女は走り続けてゼリーのようなかたくやわらかい夜を息を切らしながら今、もうすでにどこかの山奥のダムの上で一定のリズムを置いて立っている外灯の光を浴びながら走っているのだ。僕らの汗や僕らの包帯や僕らのシャツや僕らの毛髪や僕らの爪や僕らの眼球や僕らのポケットや僕らのポケットの中のやさしさや僕らのポケットの中のやさしさの中の自己満足や僕らのすべてはほうりだすことのできない体温のためになおざりな拍手のような音を立ててみりみりと燃え出している。燃えている。僕らのこぼしてきた血や汗やゆるしてもらえなかった気持ちはコンクリートの上であおくそれぞれが燃えている。僕は泣きながら少女であったものの背中を皮から血のにじむまで本気でたたきつけているのだが少女はもうすっかり膣の中に僕のかはあんしん全てをくわえこんだまま一心不乱にダムの上をかけぬけている。ふいに少女が僕の人差し指を咬みちぎったので僕の上半身はうしなって後方に投げ倒され後頭部をアスファルトに打ちつけすりおろされながらも疾走し続ける少女は燃えながら。焼けただれた人間は。自殺した私たちはどれほど生きたかったことでしょう。走りながら少女の首だけが当然のことのようにこちらを向いた。強すぎる外灯の光のためにそうなのかもともとそうなのか少女には顔がなかった。

「気をつけろ」

燃えながらひきずられながら僕は彼女の声をはじめて聞いた。

「この夢はのぞかれている」

空の青

道端でくしゃみを一つ。はねおきてあくびを一つ。背中を掻きながら、乾いて脂になった汗をこそげる。ぼくは裸だ。しろいひろい世界。泣こうとして泣けない。だから笑う。笑う笑う笑う。あきる。白い白い世界。

　こんな世界をいつかも見た
　こんな世界を見たことがない
　泣きたい気持ち
　笑いたい気持ち

歩こう。空を見ながら歩くうち、ひっくり返りそうになる。雲が速く流れてきれいだなあ。青がはやいなあ。白がはやいなあ。黒がはやいなあ。灰がはやいなあ。雲が消えるなあ。失われるすべては無抵抗に、消えることのいちずに泣きたいなあ。そしてぼくは拍手するだろうホオウホウ、ホオウホウ。音をのどから出して。

　年取るのはこんな気持ち？

　生まれるのはこんな気持ち？

ねえ教えてよ教えてよ教えてよ。

なんどでもなんどでもぼくを生んでよ。


歩くたび歩くたびぼくのちんちんは長く長く伸び、ぼくはちんちんを引きずっていた。たぐりよせて検査。ありゃりゃあ血いが出てるよお。あちこちからつぶつぶが顔出す。ぬぐう、また顔出す。見たくない見たくない。

「でも……だよ。」ちんちんが口きく。ちんちんが喋る。その口元に耳をよせて、

「お話遠いようです。」

「あるものはあるんだよ、見なくても。見ようとしなくても。」

「見えるものだけしかないわけではないんですか。」

「始まりを見た？　終わりを見た？　それだのに君はここでこうして会話をしているじゃない。」

「あるものはすべて仮定です。」

「そうだよ、うれしいなあ。すべては過程なんだよね。始まりもない遠い昔から続いてきたものが終わりもない遠い未来に向かっていく。だから終わりは終わるべきさ。終わり終るべきさ。」

　それだけ言い終わるとちんちんは身をくねらせながらどんどんと空に上っていってしまった。後にはぼ

くとぼくを空につなぐ肉の綱が残った。ぼくは呆然とそれを見、座り込み、歩き回り、考え込み、眠り、目覚め、決心した。登ろう。ちんちんはぼくの言葉を誤解してるし、それに、言い残したことがあるんだ。「まだ何も始まってすらいないじゃないか」って。

四日目の朝、雲がぼくを包んだ。その晩には、ぼくはもう青の中にいた。青の中ぼくはおびえた。「おおあお」の中に浮かびながらぼくは落ちることを必死に怖がっていた。うんちやおしっこは出すはしから地面に向かって落ちていき、すぐに見えなくなった。風はぼくを冷やし、揺すった。太陽は刺すようにぼくを見た。今までぼくは知らなかったのだけれど、空は巨大な目玉だったのだ。太陽はそのひとみで、そのひとみが見たものを目玉の中に映し出す。世界は太陽の見た光だった。だから太陽のない夜はせつなくて、夢の中に太陽をさがした。いろんな音が聞こえた。いろんなものが見えた。夢はぼくを包んではまた吐き出した。夢の中で泣いたり笑ったりした。そのかわり目が覚めるとすぐに登り出した。夢の中でよくぼくは水の中にいた。青い水の中は青い「おおあお」の中とよく似ていた。ぼくは泳ぎながら、自由にいろんなところにいった。自由にいろんなものを見た。すべて水の中は気持ちよかった。「浮かぶのも落ちるのも一緒だよ」耳元でちんちんがささやいた。ちんちんはとても怖い顔をしていた。これは本当のちんちんじゃない。気づかれたと思ったのかにせのちんちんは逃げ出した。ぼくはにせちんちんを引っぱりだした。にせちんちんをどんどんたぐり寄せた…

夢から目覚めるとぼくはまたすぐにちんちんを登り始めた。

何十回も夜や夕日を見て、ぼくは「おおあお」の外にまで来た。金色や銀色の細かなたくさんのツブツブがぼくを包んだ。ぼくは夢の中に来たのかもしれないし、もう死んでしまったのかもしれない。ツブツブはぼくの体の上を「ざあらさら、ばりばり、ざあらさら、ばりばり」となでていく。体が細かいツブツブに崩れていくのがわかる。ぼくはまぶたをしっかりと閉じている。もう上っているのか下っているのかわからない。体がゆるいしびれの中にある。「ぶーんずぶーんずぶーんずぶーんずぶーんずぶーんずぶーんずぶーんず」もう音なのか痺れなのかわからない感覚がぼくを砕く。

ヴームズヴーミズヴームズヴーミズヴームズヴーミズヴームズヴーミズ…

花とや咲かん　キンカンカ
鳥とや飛ばん　キンカンカ

ち
ん
ち
ん
の
こ
え

だ

死卵

石は　星と語りあう夢を見た
闇や意味が　永遠なら
石や　星は　ささやきあう命だろう
そう言って星は泣いた
石は目覚め
闇の中で泣いた
星の意味に泣いた
石が砕けるとき
星が砕けるとき
闇や
意味は
ぼくら兄弟を祝福するだろう
存在は死の卵なのだから

赤がはやいなあ。青がはやいなあ。色がはやいなあ。星がはやいなあ。虹がはやいなあ。存在は過程です。存在は仮定です。失われるすべては無抵抗に、消えさることのいちず。しかしぼくらは笑う。笑う笑う笑う笑う…。

銀のトルソ

両手のひらで深くすくいあげて
守りきれないのでひとひらひとひら崩れていく
細い長い銀針が、ゆっくりと骨の芯をとおって
沁みてゆく痛み
同じく貫かれているというのに
ある部分は熱く、ある部分は冷たい
腹はもやもやと重い
重さが深いので、これは驚くべきなのだろうか
迷ったときは強く片目をつぶってみる
実際はひきしぼられた肉の音

手のひらは腹にあてられるべきもの
いつも遅すぎるために理解されないけれど
夜はこちらからあらわれますか？
いいえ、私からでしょう。
強すぎる光の中では私たちは
闇を抱き守ってやるべきだが
それらはつねにすでに
足裏から背後に流れ漏れている

嘆息も間にあわぬとき
閉じたまぶたの裏に守られる過去
その中に飛び散る銀

眼鏡の中の魚

その迷路のなかに、
男が五人。
「おれ」は顎の下にいくつも瘤をこしらえ、しばしばそれをひねりつぶし、
「わたし」はそれを撫でさすり、嘗めまわしさえする。
「ぼく」はわんわん泣きながら逃げていってしまった。
「先生」は今日も迷路の研究に余念がない。ときに眼鏡が光る。
最後のひとりは口をきかない。
「先生」は瞑想をしているのだといい、
「わたし」はただ眠っているのだという。
「おれ」はときどき小便をひっかけにゆく。

迷路のなかには犬や猫の死体が転がっている
みんな「おれ」が殺したものだ。
迷路のなかにはいくつも花が咲いている
すべて「わたし」が丹精に育てたものだ。
迷路の崩れた天井から青い青い空が見える。
けれども誰も出ていこうとはしない。
まだ「ぼく」は帰ってこない。
「先生」は職務上の責任感からそれを気にしている。
もうひとりは体から湯気を出して寝込んでいる。

「ぼく」はそのころ迷路の奥深く、
暗い電灯の下に座り込んで幽霊と話をしていた。
『ほら』
幽霊は細い陶器のような指で石組みの壁をしめした。
『魚が泳いでいるでしょう』
大きな魚の影が、ついついと壁のなかをすべる。
『でも』

「ぼく」は少年らしい利口さをふりかざして言いはった。
『魚はあんなところを泳がないよ』
幽霊はやさしい笑みを浮かべて一言つぶやき、それからぐったりとうなだれた。
『そうね、影だから』
「ぼく」は三回ほど大きく息を吸い込むと、またぽろぽろと涙をながした。

「おれ」はとうとう「わたし」を殺してしまった。
「わたし」も負けずに「おれ」を亡きものにした。
二人の首だけが迷路のなかでののしりあいをしている。
だからいま迷路のなかはさわがしい。
「先生」は我関せずとあいもかわらず迷路を研究している。
「先生」の夢は迷路の地図を作ることだ。
そのくせちっとも迷路のなかを歩かない。
もうひとりは体がぐつぐつと煮えている。
もう体は煮崩れているのに
それでも口をきこうとはしない。

「先生」はまどろみの中で、学校の夢を見ていた。

黒板の中を大きな魚の影が泳いでいた。
振り向くと生徒たちはみんな魚の顔をしていた。
ひややかな風の吹き抜ける午後の教室。
窓の外には大きな雲の塊が
ゆっくりと青黒い腹を見せて
南に向かっていくところだった。
『これが世界だ。これが沸騰する世界だ。』
「先生」は口からつばを吹き飛ばして、自分が叫んでいるのに気づいた。

「ぼく」が帰ってくると
二つの頭蓋骨と、茶色のしみ、片方玉の割れた眼鏡が転がっていた。
崩れた天井から陽がさしいって、回廊を白くくぎっている。
「ぼく」は眼鏡をひろうと、その空の中に放りあげた
一瞬、眼鏡は閃いて
乾いた床に落ちると、紙のように砕けた。

迷宮

あなたの耳の起伏を指でたどり
耳の中のことばを聴きたいと思う
あなたの耳の迷宮

あなたの耳の中の
わたしを裁くためのことば

求めても求めても得られない罰

深淵を探りあててしまい

行方知れずになる指先
それはあかく、あかく、
わたしの爪を染め上げる

わたしの罪の熱は
迷宮の隠戸に伏せって
ときおりは鈍くそのつやをくもらせる
裂かれたいと願うから。

すべてに飽き切った
その眠たげな吐息

なぜ雪が降るのかわからない

なぜ雪が降るのかわからない
黒いアスファルトが好きなのに
汚れたコンクリートが
錆びた棘線が
積もる雪に隠されて

父さんの背中を追いやってしまう

黒い粘ついた塊が
もちもちと伸びて

ボルトやガラス瓶の破片や
プルタブやはがし損ねのラベルやを
包み飲んでしまう

死んで凍った鴉の目玉

なぜ雪が降るのかわからない
いくどか掃ってみる
父さんのしらが頭
煙草を取りだそうとして震える指
のびた鼻毛の間に鼻汁が固まっている
なぜ雪が降るのかわからない
父さんはまだ生きようとしない

わたしの先生

わたしは一度死んでいる。だからもう二度と死ねない

死人の一日は長い。とてもとても長い。
死人だから、もうこの校舎にも通わなくていいはずなのに
死人には自由がないから
白い陽だまりをつくる廊下を
いくどもいくども往復しなければならない。

たまに教室を覗いてみる
青い顔をした先生が、うつむいたまま教科書を読んでいる。

わたしが生きていたころもそうだったように
生徒達はぼんやり外を見たり
ノートの落書きを交換しあったり
こっそりお化粧をなおしたりしている
携帯電話のメールだけは、わたしの生きていたころにはなかったけれど

机の間をゆっくりとめぐって
校庭を見ている子の視線を追ってみる
三年の男子がサッカーをしている。
この子は、どの子が好きなのかな。
やっぱり、いまシュートを決めた子かな。
それとも、学ランのまま、見学してるやせっぽっちの子かもしれない。

先生は、うつむいたまま教科書を読み終わって、教室を出て行く
わたしが生きていたころと同じ、形だけの授業。
形だけの起立・礼・着席。
先生は休み時間には職員室に戻らないでまっすぐ図書室に行く

白い陽射しが
青い先生の顔をまぶしくてらす。
わたしは先生の向かいの席に腰掛けて

あの頃のように

先生の髪の毛をなでてみる
頬から顎のラインを、指でなぞってみる
わたしは死人だから、先生はもう気づいてくれない
首筋に爪を立てても、
先生はもうあの頃のようには嫌がろうとしない。
ただ黙って本を読んでいる

先生、わたし、本を読んでいる先生の脇でぼんやりしているのが好きだった
退屈しているのが、嫌いじゃなかった
たまに顔をあげて、笑ってくれる先生のことを待っているだけでよかったよ

わたしは死人だから、沁みついた思い出だけで

世界を眺めていられる
校庭で春の風に叫ぶ木立の、その叫びが聞こえないように。

だから、わたし、死んでよかったね。
先生、わたしに死んでもらって、よかったよね。

先生はふと本から顔をあげて
見えないはずのわたしの眼をみつめた

それから、またうつむいて、本を読み出した。

詩集 花鎮め

指輪

たわめられた螺旋を
なぞるようにまわる指輪
磨かれた卓の黒い面に
流光が軌跡をえがいては消える
指輪は倒れ傾きまわりながら
鎮まろうとしない
その中心にある
澄み冴えた空虚

剝かれる梨

しばらく足を閉じて
梨の皮をむきながら
梨の世界は終わる
果肉に埋められてうごかぬ刃が
身をよじる幸福
異物が侵入してくること
すること
わたしは　口紅　　　　入り込み
わたしが　　　　戯れに
わたしの　　秘密の部屋へ

わたしに　　　　　　　　　　違反
わたしと　　　　　　　通り抜ける
わたしをはずかしめる　　体液
わたしへ　　記憶の縁に塗りつけた
梨をかじりとる
歯の白さ果肉がまとう透光
前髪の向こうに
開かれた眼が置いてある
なぶられるものをふるわす
かたい刃物のまなざし

明るい雨

twinkle twinkle little life

こぶし大の塊が
雨にうたれ水辺にわだかまっている
密着した一片一片に
稚い生命のまだ光をうけつけぬ黒い眼点が
くるり。くるり。
ときおりはつぶらな顎を開いて喰らう
さらにさらに小さな羽虫
あるいは自らまとう赤膚色の粘膜
明るい雨の中
みなものとどまらぬ波立ちを透かして

あらしのはじまり

さかなはかなたからやってくる
よろこびのしんどうにみみをすませて
そらではあまぐもがいまみをふるわせたところだ
つめたいかぜがふきつけてくる
ここはもうかぜにねをはられた
さあ、あまつぶがみをひねりながらおちてくるよ

光の環

いくえにも変奏されている
透明な多角体の環が
墜落する光核を触れずまに包んでいる
不可量的にくつろげられた白光のなか
光核を中心として
多角体は流動する
散るかにみえ集うかにみえ
多から個は逃れようとし
また個は他を追おうとして
群としては一にみえる

そのたび揺れかがよう
散乱光のなめらかな放射

知覚の焦点が同時に振動し通絡する
夜の空の星々が「星座」として認識されるのに似ている
闇をかたちづくる深く暗い粒子たちの一団が
ある視座から統覚をもつものとして眺められること
ほんとうはそれがわたしだったわたしも墜落する
知覚点の一斉励起は
光核および多角体流動群の運動に相即している
みなそこ深く沈められた鏡の閃きのように
揺曳する光の波に身をひたすと
粒子は吹雪のようにとびかう
鉱石を組成する構成素が
溶岩であったころの流紋をしめすように

時間　　固体性を、　　実在として
　のように　　おのおのの側面を　　しめしている

記憶　　　　流動性を、　　　　　　　　現在として
鋳なおされた知覚が
それぞれを新しく絡脈しはじめる
さやぐ松籟　　　　翅をまとめ、粒　　　散り撒かれる
　　　　　のさなかにいる蜂は　　　体として
粘りつく蜜　　　　風をたわめ、流　　　琥珀になる

水の中の三月

ちくちく　つぷつぷ
ちくちく　つぷつぷ

遠いものが消え去って
みんなが合図してくれる

さあおいでよ　こうすればいいんだよ
生まれる準備してくれる

みんな待っていた　きみのことを

みんな　楽しみにしてたんだよ

水が揺れるときの
やさしいひかりを見た

ちくちく　つぷつぷ
ちくつぷ　ちくつぷ

始まりを見た？　終わりを見た？
それでもきみはここにいる

会いたかった　生まれてきたかった
みんなみんな知らなかった

ちくちく　ちくちく
つぷつぷ　つぷちく

さあ生まれにいくよ！

泣くための庭

障子の桟に陽がたまっている。
畳の上に埃が沈む。
戸をあけて伸びをして裏庭をのぞくと
しつらえのない草のなかにうずくまっている、
泣くための庭。
ぶどう粒をもいでは口に運ぶ。
その悲しい美しいしぐさ。
嗚咽をこらえながら
白い皿をつまむ軽い指のたわみ。
あおい葉の影を享けて、

涙もひとつ皿に落ちる。
影のなかのあかい唇が
むらさきにところどころ染まる。
傷へささやきこまれる甘さ。
水の中に映る空をしか、眺めようとはしない。

雨の中の戦争

生きながら湯を浴びて皮のはげた魚の
目玉がみるみる白濁していくその色に似た空の下で
腕ほどの大きさの兵隊が
門扉のうえに
雨樋のなかに
暗渠の鉄蓋のうらに
潜んでいる
濡れた草を踏んで
あたらしく目的が金属する
逆意の接続詞をもたずして

戦闘は継続される
落下する雨滴に
大義なんかねえだろうが

波紋

銀杏の葉のつくる円錐
遠くまなざしに撫でられた山並み

いつかは消えていく雲
いつもいつも来てくれる風

名前の消えていく存在の世界へ
その悪意とともに

逆らうことの透明な痙攣

謎につつまれて新しく生まれる

内臓だけがよろこびを知っています
いつかは消えていくかなしい幸せ

二重四角錐三重三角錐
触角で確認する餌場から住処へのみちのり

いつかは消えていくかたちに宿る世界
いつもいつも来てくれるひかり

知っています。知っています。
名前のないもののこと

ささやかに世界は波紋をはこび
とおくとおく播種しつづけます

夜驚症

叫び声をあげるものがいなくなったので
この国は静かだ

かつて深夜二時には
空にたくさんの綱をわたして綱渡りたちが行き来したという

綱から落ちるもの
落ちてもひっかかるもの
落ちてひっかかってまた綱を進むもの
他人を邪魔するもの

すくみあがるもの
自ら落ちるもの
しばらく月を見あげ
涼しさに涙をこぼし
かぶりを振って歩むもの

手にした棹には
彼らにしてはせいいっぱいの「希望」が書き込まれ
トツトツトツ
一歩一歩はかすかな響きだが
夜空全体では
操業中の工場のように人々は会話もできない

だからこの国では夜、人々は会話をしなかった
会話する必要がなかった
会話する内容がなかった

かつてこの国の夜は騒がしかった

現在　この国の夜は静かなので
人々は綱渡りたちの行方を知らない

綱をほどけなかった人間たちは
それでもいまでも深夜
不愉快な遅い動悸に目覚める

ラスコーリニコフ

田口犬男へのオマージュ

ラスコーリニコフはシベリアで
刑務のひまに携帯を打っていた
途轍もない青空に腕をいっぱい突き上げながら
こいつを写メールで送ってやっても
サンクト・ペテルブルグにいるソーニャはたぶん
シベリアのペンキ屋さんはずいぶん仕事が丁寧ね
でも　なんであの人は建物全体を撮って送ってきてくれなかったのかしら？
としか言わないだろうな
それから　もう一度空を見上げて
いや　きっと「これがシベリアの青空です」と

ただ書き添えてやれば　それだけでもあの人は
サモワールの湯気を頰に感じながら
仲間由紀恵みたいににっこり微笑んでくれるはずさ
送信ボタンを押すとｅメールは
重たいデータをかるがると持ち上げて
どこかのサーバーへ　韋駄天　飛んでいった

花鎮め

尽きず散りたるに、いたう草床の霞む。

はるけき空の気色、雲居までもゆかし。

「花は白うにはあらず、またあかくも」

髪にかかれるをつま立ちにとりて
「絹地の、緋を吸うがごとくに染む」

摘める指のさき、たをたをと細く。

並べての花には、誰かかく惑わん。


はららかす花の、いみじう踏みあだして。

いちしるく照らすに、けざやかに見えて。

「風に隠れて光かがよう、なつかし」

白きひとへ、ゆるくうちそよめく。

「ただ今、ゆくへなく飛び失せなばいかに」

かりそめにもせで、臥しがちにまもる。

しなとの風迷ひ、落つる花のあやなし。

初出一覧

ハワイアン弁財天　一　「ウルトラ」第9号、二〇〇六年六月

合掌ガネーシャ　二　「ウルトラ」第9号、二〇〇六年六月

迦楼羅真珠浄土　三　「ウルトラ」第9号、二〇〇六年六月

神隷　四　「八色」創刊号、二〇〇六年十月

ひかりのその　五　「ウルトラ」第10号、二〇〇七年一月

花膚　六　「ウルトラ」第10号、二〇〇七年一月

溶接少女　七　「ウルトラ」第10号、二〇〇七年一月

光の戦争　八　「八色」第2号、二〇〇七年五月

呼喚　九　「ウルトラ」第11号、二〇〇七年十二月

Q　十　「八色」第4号、二〇〇八年四月

偽華　十一　「エウメニデス　Ⅱ」第32号、二〇〇八年九月

쌍둥双童　十二　「ウルトラ」第12号、二〇〇八年十月

奥羽山脈ブロードバンド　十三　「八色」第5号、二〇〇八年九月

詩集　夢であいましょう　二〇〇一年、手製本により配付。ただし「知られぬ言葉」「戦争にいく日」「Empty roadside」は「ウルトラ」第6号、二〇〇一年八月

詩集　花鎮め　二〇〇五年、手製本により配付。ただし「指輪」は「ウルトラ」第8号、二〇〇四年一月、「夜驚症」は「ウルトラ」第7号、二〇〇三年十一月

ハワイアン弁財天《べんざいてん》

著者　及川俊哉《おいかわしゅんや》
発行者　小田久郎
発行所　株式会社思潮社
〒一六二—〇八四二　東京都新宿区市谷砂土原町三—十五
電話〇三（三二六七）八一五三（営業）・八一四一（編集）
ＦＡＸ〇三（三二六七）八一四二
印刷　三報社印刷
製本　川島製本所
発行日　二〇〇九年十月二十五日